CONTENTS

MITSU YUME

イラスト／七夏

夏の終わりの夕凪に

染色作家の熱情に溺れて〔上〕

第一章

見る夢はいつも、足元が崩れる夢だったり水に溺れる夢だったりする。

汗ばみながら目を覚ました奈良原《ならはら》あかりは、ベッドで気怠く天井を見上げた。

（……暑……）

カーテンの向こうの外は、既に明るくなっている。ベッドサイドの時計を見ると、時刻は午前七時半を回っていた。

今年は五月から北国とは思えないほど気温が高く、六月中旬である今に至るまで盛夏を思わせる暑さが続いている。昨日の夜のニュースでは、キャスターが「こんなにも暑くなるのは、観測史上初めてだ」と言っていた。

山の麓に位置するこの辺りは、朝晩の寒暖差が激しい。まだ湿度の低い時季ということもあり、日中暑い日でも夜になると気温がだいぶ下がるのが通常だったが、昨夜から今朝にかけてはじんわりと蒸し暑かった。

首筋ににじんだ汗を拭ったあかりは、起き上がって寝室を出る。リビングに入り、庭に面した窓のカーテンを開けると、薄暗かったリビングが一気に明るくなった。

強い日差しが差し込み、空は雲ひとつない晴天だ。

掃きだし窓を大きく開け放って外の空気を入れるが、やはりあまり涼しくはない。

（今日も暑くなりそう……）

このあとの厳しい暑さを予想してうんざりしながら、あかりはシャワーを浴びるべくバスルームに向かった。そして身支度を整え、朝食の準備に取り掛かる。

普段から料理は丁寧にするよう心掛けていて、中でも目玉焼きを焼く際には細心の注意を払っていた。黄身を黄色く仕上げるためにフライパンに蓋はせず、弱火でじっくりと火を通す。白身の縁をカリッとさせるために油は気持ち多めにするものの、コンロの周囲に跳ねてしまうのが難点だ。

（でも蓋をしたら黄身の表面に白い膜が張っちゃうし、油跳ねには目を瞑《つぶ》らないとね）

ベーコンを卵の脇に入れると、パチパチという音と共に香ばしい匂いがキッチンに漂い始める。

菜箸でときおり裏返しながらも、卵は動かさずにじっと見守った。すると白身の縁がチリチリと焦げ始め、火を止めたあかりは卵をお気に入りの花柄の大皿に盛りつける。

今日は我ながら、完璧な出来だ。黄身の鮮やかさと白身のコントラストが美しく、満足の息をついたところで焦げたような匂いが鼻先を漂い、あかりは慌ててトースターに飛びついた。

（しまった、ちょっと焼きすぎちゃった）

食パンは若干焦げ目がきついものの、まだ食べられるレベルだ。

そのとき開け放したリビングの窓からかすかな風が吹き込み、キッチンに漂う焦げ臭さが幾分和らいだ。山から響くうるさいほどの蟬《せみ》の声を聞きながら、あかりは鼻先に感じる初夏の匂いに目を細める。

ふと我に返り、朝食の仕上げに取りかかった。完璧な出来栄えの目玉焼きとカリカリのベーコンには粗挽《あらび》きの黒胡椒《こしょう》を掛け、カットしたキウイを一個分と頂き物のさくらんぼ、それに少し焦げたトーストもすべてワンプレートにのせる。

あとはヨーグルトにシリアルを掛けたものと冷たいカフェオレを添えれば、朝食の完成だ。

「いただきます」

一人つぶやいたあかりは、トーストに齧《かじ》りつく。

わざわざ料理をランチマットの上に並べるのは、〝食べることをおろそかにしない〟というささやかなこだわりだ。一人だとついだらしなくなりがちだが、この地に引っ越してきて以来、自分なりのルールを決めて暮らしていた。

あかりが片田舎にあるこの古民家を買って、一年余りが経つ。政令指定都市から車で二時間、農業と果樹栽培が盛んなこの町は内陸に位置していて、家はちょうど山裾にあった。

周囲には民家がポツポツ点在しているものの、ほとんどが畑や水田、果樹園で占められており、普段から歩く人の姿もまばらだ。

一番近い建物はすぐ隣にある大きな家だが、あかりが引っ越してくる前からそこは長いこと空き家になっているらしい。ときおり目の前の道路を通る車の音がする他は、いつも辺りは静かだった。

築四十四年の廃屋同然のこの家を見つけたのは、賃貸物件を扱うウェブサイトを見ていたのがきっかけだ。平屋の家屋で敷地は六十坪、価格は土地家屋を合わせて一九五万円。コンビニやスーパーまでは三キロほど離れているが、自転車で行けないこともなく、いざというときは車を使えば何も不便はない。

そう考えたあかりは現地を訪れて内覧し、すぐに購入を決めた。内部はひどい荒れようで、すべての部屋に敷かれた畳もブヨブヨに腐っていたため、フルリノベーションすること前提の買い物だ。

施工業者と間取りを相談して、古い家屋にありがちな細切れの６ＤＫだったのを四部屋繋ぎ、二十畳のリビングダイニングにした。残った六畳間を寝室、もうひとつの四畳半は仕事部屋にし、水周りもすべて新品に取り換えている。

「終の住処にしよう」という考えから金は惜しまず、基礎以外の原形を留めないほどにこだわり抜いた結果、納得のいく出来栄えになった。

床はすべて落ち着いたダークカラーのフローリングにし、リビングには吟味したアンティークのソファとテーブル、シンプルなバイオエタノールの暖炉を置いた。

四人掛けのダイニングセットも納得のいくデザインのものを選び、あとはテレビと壁に掛けたお気に入りの額、インテリアグリーンなどしか置いていない室内は、声が響くほどの広さだ。

とことんまで無駄を削ぎ落とした空間は、あかりにとってこの上なく落ち着くものだった。たまに音楽を聴いたり一人で晩酌したり、ソファに寝そべって本を読んだりと、家が完成して引っ越してからの一年間、日々の暮らしを愉しんでいる。

毎日のタイムスケジュールはだいたい決まっていて、朝食後は掃除をするのがいつもの日課になっていた。棚の上の埃《ほこり》をハンディモップで落とし、フローリングシートで家中の床掃除をしたあと玄関を掃く。

トイレも掃除し、洗面所の鏡も磨いたあと、あかりは掃きだし窓からサンダルを突っかけて庭に出た。

板塀に囲まれた庭には元々あった和風の植栽を残していて、鬱蒼《うっそう》とした雰囲気になっている。畑と植栽スペースの間にはポンプ式の井戸があり、家を買ったときの水質検査では飲み水として使えるレベルだと証明された。

レトロな雰囲気が気に入ったために壊さずにそのまま残し、普段は庭の水遣りや収穫した家庭菜園の野菜を洗うのに使っている。

だがわざわざ井戸水を使わなくても、この自治体は上水道の使用料が無料だ。下水道料金は微々たるものなので、そういった点も暮らしていく上で魅力的に感じていた。

眩《まぶ》しい日の光に目を細めたあかりは、庭を見回した。シャラやトキワサンザシはもう花が終わってしまい、緑が濃い庭はむせ返るようだ。半日陰の場所では桔梗《ききょう》が咲いていて、しっとりとした彩りを添えている。百日紅の木はまだ白い花をつけており、緑の中で鮮やかに映えていた。

不要だと思うものを整理し、少しずつ好みの植物を植えた庭は、次第に愛着が湧いてきて生長が楽しみだ。裏のほうにある家庭菜園では、去年からピーマンやなす、トマトなどを栽培していて、こちらも手をかけた成果が徐々に実りつつあった。

ポンプで水を汲《く》み上げ、ブリキのじょうろで水遣りをしながら、あかりはひとつひとつの植栽や野菜の生育を見て回る。

すべてに水を遣り終える頃には強い日差しで汗が噴き出ていて、ふと日焼け止めを塗り忘れたのを思い出し、慌てて家に入った。

（毎日のことなんだから、気をつけなきゃ。うっかり忘れたらすぐに日焼けしちゃう）

台所でアイスティーを淹れたあかりは、グラスを手に仕事部屋に向かった。四畳半の部屋に入ると、デスクの上のパソコン、そしてサブモニター二枚の電源も入れる。

朝十時の仲値にかけて必ずマーケットをチェックするのは、一年前までやっていた仕事の名残だ。夜の間の為替の値動きを確認したあと、あかりはニュースサイトの分析を始める。

気になるニュースを片っ端からピックアップし、ときおり海外のサイトで詳細なデータを揃えつつ、メモを取ってコラムの内容や構成を考えた。

集中して文章を起こし、ある程度の形を作って一段落した頃には、二時間ほどが経過している。

ふと見ると淹《い》れたまま飲み忘れていたアイスティーのグラスが大量の汗をかいていて、濡れたデスクをティッシュで拭いたあかりは、薄まったぬるい中身を飲み干した。

（よし、そろそろ買い物に行こう）

パソコンの電源を切って仕事部屋を出た途端、窓から吹き込む風の流れをかすかに感じた。

家の中は風通しがよく涼しいほうだが、今日の予想最高気温は三十一度で、外は既に煮えるような暑さになっている。

昼時である今は、おそらくもっとも気温が上がっている時間帯だ。出掛けたくない気持ちがふと芽生え、心の中に「車で行こうか」という考えがよぎった。

（これだけ暑いと、行きも帰りもきっとつらい。車ならすぐだけど……）

しかしすぐに、甘えた考えを打ち消す。

ここに越してきてからというもの、あかりは極力車を使わないで生活しようと心に決めていた。意識して動かないと運動不足になるため、一日一回は自転車で買い物に出掛けることをルーティンにしている。

かくして腕や首に日焼け止めを塗り、帽子を被ったあかりは自転車で自宅の敷地を出た。風でワンピースの裾がはためいたが、熱い空気の中ではまったく涼しさを感じない。

相変わらず周囲に歩く人の姿はなく、前方からやって来た車が一台走り過ぎていった。何気なく往来に出て自転車を漕《こ》ぎ始めたあかりは、ふと目を瞠《みは》る。

前方の路肩に、一台の車が停まっているのが見える。隣の家の前、歩道に半ば乗り上げる形で止まっているその大きな車は、国産の黒いピックアップトラックだ。

家の前を通り過ぎる車はあっても、停まっている車は珍しい。何しろここにはあかりの家と空き家である隣家しかなく、集落の外れに位置しているために用事がなければ誰も来ないのが常だからだ。

自転車で通り過ぎながらチラリと見ると、窓が少し開いた運転席には男性がいた。彼はシートを倒し、片腕で顔を覆っていて、仮眠を取っているように見える。

（もしかして、運転している最中に眠くなったのかも。だったら長い時間ここにいることはないよね）

そう結論づけ、あかりは車の真横を自転車で走り過ぎる。

うだるような暑さの中、十五分ほど自転車を走らせて到着したコンビニで、まずはATMの用事を済ませた。その後は近隣に一軒しかない小さなスーパーに向かい、食材の買い物をする。

そして保冷バッグに大量のドライアイスを詰めて自転車で帰路についたものの、厳しい暑さにすぐにじんわりと汗がにじみ始めた。

（お昼ご飯のことを考えてなかったけど、今日は簡単に冷や麦にしようかな。こんなに暑

いと手間なんかかけてられないもの）

そう考えながら帰る途中、あかりは知り合いの農家の女性に出会い、収穫したばかりのとうもろこしをお裾分けされる。

「いつもすみません、このあいだもたくさんいただいたばかりなのに」

「いいのよ、全然。うちも余ってるからね。いや〜、しかし暑いわねえ。ほんとに異常よ、今年の天気」

危うくトマトやなすも持たされそうになり、あかりは慌てて「うちでも作っているので、大丈夫です」と言って断った。

この時季はどこの家でも取れすぎた農作物を持て余していて、隙あらば誰かに押しつけようとする。それが田舎の常なのだと、あかりは引っ越してきてから初めて知った。

自宅は山裾のため、そこに至るまでの道はごく緩やかな坂になっている。自転車を漕ぐのが微妙にきつく、前カゴに入った買い物袋や先ほどもらったとうもろこしの重さを嫌というほど感じながら、あかりはどうにか重いペダルを漕いで息を切らした。

「……はあ、もう、暑……」

じりじりとした暑さに、やはり車で出掛ければよかったと思いながら視線を上げ、ふと目を瞠った。

（あの車……まだ停まってる）

黒の大きな、ピックアップトラック。強い日差しの下で黒光りするそれは、暑苦しいほどの存在感でそこにいた。

普段自分しか通らないところに長くいられると、気になって仕方がない。早く帰ってほしいと考えながら、あかりは自転車で横を通り過ぎざまチラリと中を窺《うかが》う。

運転席の男性は、最初見たときと同じ姿勢のままだった。通り過ぎてから何かが気になったあかりは、一旦自転車を停め、振り返ってもう一度まじまじと車を見つめる。

――エンジンはかかっていない。ならば車内のエアコンは点いていないのだという事実に思い至り、ふと青ざめた。

「大変……」

思わず声に出してつぶやき、顔色を変えたあかりは、一旦自宅の敷地内に入って自転車を停める。

そして踵《きびす》を返し、急いで黒い車に駆け寄った。こんな炎天下の中、エアコンのない車内に長くいたら、きっと熱中症になってしまう。

そもそもこの車は、一体いつからここにいたのだろう。もし何時間もこのままだったとしたら、大変なことになっているかもしれない――そんな考えが頭をよぎり、怖くなった。

三分の一ほど開いている車の窓ガラスを数回ノックしながら、あかりは運転席の男性に声をかけた。

「あの……っ、すみません、大丈夫ですか？」

＊＊＊

すぐ傍で、自分に呼びかける声が聞こえたような気がする。

ぼんやりとそう考えたものの、身体が鉛のように重くて動かない。頭が割れそうなほど痛み、周囲はムッとした熱気に包まれていた。

（……俺、今どこにいるんだっけ）

考える端から、思考はすぐに散漫になっていく。

そうするうち、誰かのくぐもった声が再び聞こえた。飴屋悠介《あめやゆうすけ》は反応できず、かすかに眉をひそめる。すると次の瞬間、すぐ横で車のドアが開けられ、身体を強く揺さぶられた。

「大丈夫ですか？　聞こえてたら返事をしてください！」

間近で呼びかけられ、意識が急速に浮上する。

その声は女性で、どこか切羽詰まった響きがあり、飴屋は重い瞼《まぶた》を何とか開けてつぶやいた。

「……誰……？」

発した声は、ひび割れてかすれていた。

顔の上にのせていた腕を、鈍い動きで動かす。途端に長く動かさずにいた肩の関節がわずかに痛み、飴屋は顔をしかめた。

薄目を開けるとこちらを覗《のぞ》き込んでいる女性と目が合い、彼女が問いかけてくる。

「わたしはそこの家の者です。ずっと車が停まってるのを見て、心配になって……。一体いつからここにいるんですか？」

　いつからだったのだろう。

　まるで他人事のようにそう考え、飴屋は自分の置かれている状況をじわじわと思い出す。

（ああ、そっか……俺）

「朝、ここに来て……具合が悪くなって、少し休んでいくつもりだったんだ。エンジンをかけたままだったし、エアコンが点いていたはずなんだけど」

　答えながら飴屋は、わずかに視線を動かす。

　車内には殺人的な熱気がこもり、エアコンが稼動している気配はまったくなかった。自分でエンジンを切った記憶がないため、おそらく途中でバッテリーが上がってしまったのだろう。

　すると飴屋と同年代か少し下くらいに見える女性が、続けて問いかけてきた。

「具合が悪いというのは、持病か何かでですか？」

「いや、持病はない。しばらく前から風邪っぽかったから、そのせいかな」

　どうやら微熱があるのを自覚していたにもかかわらず、無理をして車を運転してきたのがいけなかったらしい。

　自宅からここまで二時間少々の道中、どんどん体調が悪化してきたのを自覚していた飴屋は、用事が済んだあと運転席のシートを倒して休むことにした。

その時点で午前七時頃だったはずだが、一体今は何時なのだろう。開け放したドアの向こうはじりじりと強い陽光が照りつけ、気温がかなり高い。

激しい頭痛と倦怠感《けんたいかん》、発熱――状況的に風邪と熱中症のダブルパンチを食らったのだと悟り、飴屋は忸怩《じくじ》たる思いを噛《か》みしめる。

（情けない。何をやってるんだ、俺は）

近所に住むという女性は長く停車したままの飴屋の車を目撃し、心配して見にきてくれたらしい。確かに三十度超えの気温の中で長時間車内にいれば、最悪の場合死んでしまってもおかしくはないだろう。

とはいえこの体調では、すぐには動けそうもない。ズキズキと痛む頭でどうするべきかと考えていると、彼女が提案した。

「よろしければ、うちに来ませんか？　診療所の先生に電話して、往診に来ていただきますから」

「いや、そんな迷惑はかけられない」

女性の申し出を断りつつも、飴屋の中には迷いがこみ上げる。

見ず知らずの相手に迷惑をかけられないと思う反面、身体が動かないのも事実で、何と答えようか迷っていた。

すると彼女が、重ねて言う。

「このままここにいても、すぐ具合が良くなるわけじゃないですし。本当に遠慮なさらず、どうぞ」

飴屋がようやく頷《うなず》くと、女性が車のドアを全開にする。

こちらの身体を支えながら運転席から引きずり出し、足元がふらついたのを咄嗟《とっさ》に肩で支えてくれたものの、飴屋は世間一般の成人男性に比べてかなり大柄な上に身体に力が入っていない状態だ。

その重さによろめいた彼女が、慌てた声で言った。

「あ、あの！　なるべく自分の足で歩いてくれますか？　わたしの力だと支えきれませんから……っ」

「……ああ、悪い……」

飴屋は謝罪し、意識して足に力を入れる。

じりじりとした日差しの中、何とか数十メートルを歩き、建物の玄関に入って靴を脱いだ。すると女性がリビングのソファまで飴屋を誘導し、身体を横たえる。

ひどい頭痛と倦怠感をおぼえつつ、飴屋は深い息を吐いた。そんなこちらをよそに、彼女は急いで台所に行くと、何やら慌ただしく用意している。

そしてソファまで戻ってくると、氷入りのミネラルウォーターが入ったグラスを手に言った。

「飲めますか？　少し身体起こしますよ」

わずかに身体を起こされ、口元にグラスをあてがわれた飴屋は、それを受け取った。中身を口に含んだ瞬間、猛烈な渇きを自覚し、一気に水を飲み干す。

女性が「まだ飲みますか」と問いかけてきてそれに頷くと、彼女は冷蔵庫から水のペットボトルを丸ごと持ってきてグラスに注いでくれた。

かなりの量の水分を摂って一息ついた飴屋は、ソファにぐったりと沈み込む。すると額に水で濡《ぬ》らして絞った冷たいタオル、そして首の後ろには氷枕を当てられ、ひんやりとした心地よさを感じた。

さらにエアコンの電源を入れ、足元から扇風機を向けられると格段に涼しさが増し、それからしばらく飴屋は夢うつつの時間を彷徨《さまよ》った。ぼんやりと意識が覚醒したタイミングで、先ほどの女性が電話で話しているのが聞こえる。

「あの、往診をお願いしたいんですけど……。いえ、わたしではなく、道で偶然具合の悪い方を保護して。……はい」

そこで意識がなくなり、しばらくして人の気配で目を覚ますと、ソファの横に老齢の医師がいる。

七十代とおぼしき男性医師は、五十代くらいの看護師を伴ってやって来ていた。飴屋を介抱してくれた女性が事情を説明し、「元々熱もあったようだ」と告げたところ、医師は飴屋の瞼を見たり脈を取ったりといった診察をし、熱を測りながらいくつか問診してきた。

飴屋がうっすら目を開けてボソボソと返事をすると、やがて医師が言う。

「うーん、まあ風邪と熱中症だね。脱水症状を起こしてるから、点滴しようか」

＊
＊
＊

政令指定都市ではなく典型的な田舎であるこの地域には、大きな病院はない。一番近い総合病院でも車で三十分以上かかるため、救急車を呼ぶのを躊躇《ためら》ったあかりは近くに一軒だけある診療所を調べて電話をかけた。

そして中年の女性看護師に事情を説明したところ、彼女は「点滴の準備をしてすぐに行きます」と言ってくれ、礼を述べて電話を切る。

ソファに横たわった男性に視線を向けると、彼は目を閉じて動かなかった。額のタオルを裏返しにしたものの、熱でかなりぬくもっていたため、あかりは洗面器に氷水を入れて持ってくる。

冷たい水で絞って額に置いたところ、男性の顔がほんの少し安らかになったような気がした。彼の年齢は、二十代後半くらいだろうか。乱れた前髪がわずかに掛かる顔は精悍《せいかん》で、かなり整っている。

先ほど引きずって歩いたとき、あかりはその大柄な体格に驚いた。身長は一八〇センチをゆうに超えているように思え、その上背に見合った身体はかなり重く、ここまで連れてくるのに本当に苦労した。

長い足がソファからだいぶはみ出てしまっているのが気になったが、他に寝かせるところがないので仕方がない。

（今日は平日なのに、こんなところで行き倒れるなんて、一体何の仕事をしている人なんだろ）

男性はTシャツにハーフパンツ、デッキシューズというラフな恰好《かっこう》で、職業が読み取れるような手掛かりは何もない。

しばらくぼんやりとその寝顔を見つめていたあかりだったが、外に置きっ放しの買い物の荷物のことを思い出し、取りに出た。自転車を片づけ、冷蔵庫に食材をしまっているところでチャイムが鳴って、慌てて玄関に向かう。

車でやって来た七十代とおぼしき男性医師は、五十代くらいの看護師と一緒だった。ソファに横たわる男性をしばらく診察した医師は、「風邪と熱中症だね」と診断し、脱水症状を起こしているために点滴をするという。

医師の言葉を聞いた看護師が点滴の道具を取り出し、てきぱきと準備していた。終わるまで一時間ほどかかると言われたため、あかりは二人をダイニングに誘い、冷たいお茶を出す。

「どうぞ」

「いただきます」

医師はこの地で長く診療所を営んでいるといい、世間話に花を咲かせた。

集落の噂《うわさ》話やたまたま目に入った庭の話などをしているうち、時間が過ぎる。やがて点滴が終わって看護師が針を抜いたものの、男性は深く眠り込んでいて目を覚まさなかった。

　するとそれを見た医師が言った。

「何日か徹夜に近い状況で仕事をしていたっていうから、おそらく過労もあるんだろうね。点滴には熱さましの成分も入っているし、じきに具合は良くなると思うけど、奈良原さんは知らない人だって？」

「ええ、家の前で車が停まっているのをたまたま見つけて。あの、わたし、その人の代わりに医療費をお支払いしますから」

　あかりの言葉に、看護師が今回は保険証がないために全額本人負担になること、しかし後日返金するのは可能なので手続きに来てほしい旨を彼に伝えてくれるように言う。

　頷いたあかりは清算を済ませ、頭を下げて二人を送り出した。リビングに戻り、ダイニングテーブルの上の茶器やお菓子を片づけながら、ソファの男を見やる。

（……さて、どうしたもんかな）

　成り行きで彼を家に上げてしまったものの、厄介事に巻き込まれてしまったという感は否めない。

　そもそも自分はここで一人きりの暮らしを楽しんでいて、毎日のスケジュールもだいたい決まっている。イレギュラーなでき事は勘弁してほしいのが本音だったが、あかりは小さくため息をついた。

（……しょうがないか。具合が悪くなったのは、わざとじゃないもんね）

行き合ってしまったのは不可抗力で、あのまま放置して彼がどうにかなってしまったら寝覚めが悪かった。

そもそも遠慮していたこの男性を説得し、無理やり家に入れたのは自分だ。ふと空腹を感じたあかりは、壁の時計を見る。

すると時刻は午後三時を過ぎようとしていて、すっかり昼食を食べ損ねているのに気づいた。そして先ほどわずかに男性と交わした会話がよみがえり、彼もおそらく朝から何も食べていないことに思い至る。

「………」

男が起きる気配は、まだない。

ここは自分の家で何をするのも自由だが、もし男性が目覚めたときに一人で何か食べていたら感じが悪いだろう。

（病人のお腹に優しいものって、何だろう。消化によくて、栄養のあるものがいいよね）

そんなふうに考えながら、あかりは冷蔵庫の中身を確認するべく台所に向かう。

そして今ある食材を確かめ、何を作るかを決めてから作業に取り掛かった。まずは米を研いで炊飯器のスイッチを入れ、生米を小鍋に入れてお粥《かゆ》を炊きつつ自分の食事も用意する。

午後三時を回っているため、今から作るのは夕食だ。酒を少し入れた熱湯で鶏ささみをさっと茹《ゆ》で、裂いたそれとザーサイ、白髪葱《ねぎ》を混ぜる。

味付けは胡麻《ご ま》油と醤油《しょうゆ》、ラー油とたっぷりの白胡麻で、ピリ辛に仕上げて冷蔵庫に入れておいた。それから以前作って冷凍していたハンバーグをフライパンで焼きながら大根を擦りおろし、庭から大葉を摘んでくる。

焼き上がったハンバーグに大葉と大根おろし、万能ねぎをのせ、ポン酢を掛ければ完成で、作り置きのかぼちゃの煮物には茹でたオクラを半分に切ったものを添え、彩りよく盛りつけた。

（わたしのおかずはハンバーグと煮物、和え物だけど、男の人にはお粥だけじゃ足りないかな）

ふとそんな考えが浮かび、あかりはささみを茹でたお湯で温かい麺つゆを作った。そして素麺《そうめん》をさっと茹で、ザルにあけて水で洗っておく。だいたい作業が終わったところで使った調理器具を片づけて一段落すると、生米から炊いているお粥はちょうどいい煮え具合になっていそうだった。

濡れた手を拭いたあかりは、鍋の中身を確かめるべく蓋を開ける。その瞬間、ふいに後ろから低い声が響いた。

「――あの」

「……っ！」

心臓が止まるかと思うほど驚き、あかりは手に持っていた土鍋の蓋を思わず床に落としてしまう。

熱を持ったそれが足に当たるのを避けようとしてよろめき、咄嗟に腕を伸ばした男に後ろから抱き留められて、ビクッと身体がすくんだ。

「き、急に声をかけないでください……！」

「ごめん。そんなに驚くとは思わなくて」

二の腕に触れた男の大きな手に、心臓が大きく跳ねる。

彼は下心がないのを示すようにすぐに手を離し、こちらと距離を取った。突然のことで図らずも八つ当たりのように大きな声を出してしまったあかりは、そんな自分にばつの悪さをおぼえながら振り返る。

すると先ほどまでソファで寝ていた男性が、そこに立っていた。改めて見ると、彼は本当に背が高い。身長が一六三センチのあかりが見上げるような高さで、しばし無言で観察してしまう。

額に当てていたタオルを手に持った彼が、少し乱れた髪でこちらを見下ろしてきた。そしてペコリと頭を下げ、謝罪してくる。

「迷惑をかけて、申し訳ない。俺は飴屋といいます」

面と向かって謝られたあかりは、慌てて答えた。

「あ、いえ……その、大きな声を出したりしてごめんなさい。具合はもう大丈夫ですか？」

「まだ少し頭痛がするけど、何とか。熱はだいぶ下がったみたいで、すっかり眠り込んで居座ってしまい、本当にすみませんでした」

とりあえず具合がよくなったのなら、何よりだ。

そんなふうに思いながらあかりが差し出されたタオルを受け取ると、彼——飴屋がポッリとつぶやく。

「……名前」

「えっ？」

「あんたの名前は？」

突然聞かれ、ドキリとしながらあかりは答える。

「奈良原です。あの、具合がよくなったのなら少し食べませんか？　お粥を作ったんです、朝から何も食べてないのかと思って」

するとその言葉が意外だったのか、彼が眉を上げて答える。

「確かに食ってないけど、そんなに甘えるわけには」

「もう作ってしまったので、食べてくれたほうがありがたいっていうか。あ、お粥の他に、温かい素麺もあります。お腹に優しいほうがいいかと思って」

あかりがダイニングテーブルに視線を向け、「どうぞ座ってください」と促すと、頷いた飴屋が椅子に座る。

（……すごい、大きい）

上背のある人間は座っても大きいのだと、あかりは妙なところで感心する。

見慣れた室内が、いつもより狭く感じるのが不思議だった。この家に男性が訪れることは滅多になく、だからこそ余計に存在が大きく思えてしまうのかもしれない。

そんなふうに考えながらあかりはキッチンに戻り、先ほど床に落とした土鍋の蓋を拾う。

そしてお粥の味を確かめて塩を足し、梅干しと塩昆布の小皿を添えた。

麺つゆを温め直したあとは卵とじにして素麺に掛け、たっぷりの万能ねぎを散らせば完成だ。お粥が入った土鍋と一緒にお盆にのせたあかりは、冷たいお茶のグラスを添えてダイニングに運んだ。

「お待たせしました。どうぞ」

「いただきます」

飴屋が行儀良く挨拶し、料理に手をつける。

(わ……早い)

彼は少し熱そうにしながらも、お粥と素麺を瞬く間に平らげていく。

それは病み上がりとは思えないほどの食べっぷりで、やはり内容的に男性には物足りなかったのかもしれないと考えたあかりは、テーブルに並べていた手つかずの自分用の料理を飴屋に勧めた。

「あの、よかったらこっちもどうぞ」

「でも、それはあんたのじゃ」

「わたしは他にまだあるので」

言い終わるや否や、飴屋が猛然と料理を掻《か》き込み始め、あかりは目を丸くしてそれを見守る。

　目を瞠るほどの食欲だが、彼は背すじが伸びていて箸の使い方がきれいなせいか、食べ方に粗野なところがなく下品な感じはまったくしなかった。

　あかりは飴屋のグラスにお代わりのお茶を注いだあと、向かいの席に座って問いかける。

「あの、飴屋さん」

「ん？」

「どうしてあんなところで寝てたんですか？」

　飴屋は箸を止めてあかりを見つめ、口の中のものを嚥下《えんげ》して答えた。

「家から二時間くらい、車を運転してきてたんだ。その前から熱っぽい感じはあったけど、どうしてもこっちに来たい用事があって」

　彼いわく、用事自体はどうにか済んだものの、その頃にはもう熱が上がっていて、「帰る前に少し休んだらよくなるかもしれない」と考えて眠り始めたらしい。

　あかりは窓の外に視線を向けながら言った。

「飴屋さんの車、エアコンをつけているうちにバッテリーが上がってしまったみたいなんです。でもわたし、ジャンプスタートとかよくわからなくて」

「そっか。俺の車は？」

「元の場所に置いたままです」

　この家に車はあるかと聞かれたあかりが頷くと、彼が言った。

「じゃあ申し訳ないけど、少し借りていいかな。ジャンプは俺がやるから」

了承した途端、飴屋がふっと笑う。

すると彼を取り巻く雰囲気が一気に柔和なものになり、あかりは思わずドキリとした。どちらかといえば眼光が鋭く、身体も大きいために少し威圧的に感じていたものの、もしかすると飴屋は見た目より穏やかな男なのかもしれない。

そんなことを考えながら目の前で食べる姿を眺めているうち、あかりはふと思いついて言った。

「白いご飯もありますけど、よかったら食べますか？」

「いただきます。ちょうど食いたいって思ってたんだ。この料理、どれもすごく美味い」

褒められて悪い気はせず、あかりは立ち上がって台所に向かう。

そして白いご飯をよそうために棚から茶碗《ちゃわん》を取り出し、自分の食器を他の人間が使うことに面映ゆさをおぼえつつ炊飯ジャーを開けた。炊き立てのご飯をよそってダイニングに戻り、茶碗を飴屋に向かって差し出す。

「どうぞ」

「ありがとう」

手渡したご飯に早速箸をつけ、大根おろしがのった和風ハンバーグを頬張った彼が、口の中のものを嚥下して言う。

「ここ何日か仕事で徹夜に近い状態が続いてて、ろくなメシを食ってなかったんだ。こん

なところで美味いものが食えるなんて、すごくうれしい」

「そう」

おそらく悪気はないであろう〝こんなところ〟という表現に、あかりは内心噴き出す。

政令指定都市から車で二時間のこの辺りは、果樹栽培が盛んな地域の中で集落の一番端だ。よくいえば閑静だが、どちらかというと寂しい場所というほうがしっくりくるため、だからこそ彼はそんな言い方をしたのかもしれない。

(大柄でイケメンなせいかパッと見は威圧感があるけど、実際はすごく人懐っこい人なんだ。コミュニケーション能力が高いんだな)

目の前で旺盛な食欲を見せられる機会は滅多になく、何となく楽しい。

そんなふうに考えていると、やがて飴屋が箸を置いて告げた。

「ごちそうさまでした。ほんとに美味かった」

彼の表情からは、本当に満足して食事を終えたということが如実に伝わってきて、あかりは微笑んで答えた。

「いいえ。お粗末さまでした」

食べ終わった食器を下げるため、腕を伸ばして次々と重ねていく。

時刻は午後五時になっていたものの外はまだ充分明るく、昼の暑さの名残を留《とど》めていた。

日中うるさく鳴いていた蟬の声は、今は嘘《うそ》のように静かになっている。

エアコンは既に止めていて掃きだし窓を全開にしており、ふいにぬるい風がダイニングまで吹き込んできて、あかりは何気なく外を見やった。つられて視線を向けた彼が、室内を見回して言う。

「すごくいい家だけど、新築？」

「いえ、リノベーションしたんです。築四十四年の平屋を安く買って、全部を取り替えて」

「へえ。ここには一人で？」

何気ない口調で問いかけられ、あかりは一瞬答えに詰まる。

女の独り暮らしのため、正直に答えていいものかどうか躊躇いがこみ上げていた。すると一瞬の沈黙で自身の失言に気づいた様子の彼が、何かを言おうとして口を開きかける。

あかりは笑い、それを遮って言った。

「ええ。死ぬまで暮らそうと決めて、自分で買ったの」

飴屋が驚いたように眉を上げ、こちらの顔をまじまじと見つめて口を開いた。

「年寄りみたいなこと言うんだな。まだ若いのに」

「若くもないですよ。わたし、三十四歳ですから」

彼に年齢を聞くと二十八歳だと答え、あかりは「自分より六歳も年下なんだな」と考える。

飴屋がますます驚いた様子でつぶやいた。

「全然見えない。俺と同じくらいかと思ってた」

「ありがとう。お世辞でもそう言ってもらえるとうれしい」

そこで先ほどの看護師との話を思い出したあかりは、往診代を立て替えて支払ったことを話す。領収書を見せたところ、彼は恐縮しながら尻ポケットから財布を取り出して金を払った。

「保険証を持参したら、差額を返金してくれるそうです」

「そっか。早めに診療所に行かないと」

飴屋が「それより」と言葉を続け、あかりを見る。

「車のバッテリーを動かさなきゃいけないから、この家の車を貸りてもいいかな」

「あっ、はい。どうぞ」

車の鍵を手に、連れ立って外に出る。

彼があかりの軽自動車に乗り込み、エンジンをかけた。そして二台の車を向かい合う形に停めたあと、運転席から降りて自身の車からブースターケーブルを取り出す。

飴屋がボンネットを開けて赤と黒の線を繋《つな》ぐ様子を、あかりは邪魔にならない位置から見守った。手際よくケーブルを繋ぎ終えた彼が、再び軽自動車に乗り込む。

エンジンをかけてアクセルを踏み込み、回転数を高くしたあと、降りて再び自分の車に乗り込んでエンジンをかけた。しばらくするとキュルキュル言っていた音が重いものに変わり、飴屋の車のボディがかすかに震えるのがわかる。

（あ、かかった）

車を降りた彼が、二台を繋いでいたケーブルを最初とは逆の順番で取り外す。

そして軽自動車のボンネットを閉じて小さく息をつくと、あかりに向かって笑いかけてきた。

「この家に車があって、助かった。もしなければ、ロードサービスを呼んで対応してもらわなきゃならなかっただろうし」

飴屋の言うとおり、もしこの家に車がなければロードサービスを呼ぶしかなく、きっと帰宅するのが遅くなっていただろう。

とはいえとりあえず今はエンジンがかかったものの、バッテリーが弱っている恐れがあるため、すぐにカーショップで見てもらわなければならないらしい。

そう説明しながら、飴屋があかりの傍まで歩み寄ってきて言った。

「奈良原さんが見つけてくれなかったら、俺はあのまま熱中症で死んでたかもしれない。わざわざ家に運んで医者を呼んでくれて、本当に感謝してる」

「大袈裟《おおげさ》ですよ。人として当たり前のことをしただけですから、気にしないでください」

改まった口調で礼を言われたあかりは、笑って首を横に振る。すると彼が、真剣な表情で言葉を続けた。

「見慣れない車が家の傍に停まってて中で男が寝ていたら、普通独り暮らしの女の人なら黙って見て見ぬふりをするよ。それでこっちの身に何かあっても決して責められないし、体調不良で行き倒れたのは自業自得だといえる。助けてくれたのは奈良原さんの善意で、俺はそれを当たり前だとは思ってない」

「…………」

「それだけじゃなく、美味い飯をご馳走《ちそう》してもらって車のジャンプまでさせてもらうなんて、至れり尽くせりだ。金を払ってもいいくらいだと思ってる」

手放しの賞賛がくすぐったく、あかりは小さく笑う。それを見つめながら、飴屋が言った。

「改めてお礼に来たいから、電話番号を教えてほしいんだけど」

「必要ないです、そんなの」

彼が「でも」と食い下がってきたものの、あかりはそれに被せるように告げた。

「本当に。――わたし、一人でいるのが好きなんです。だからお礼とか全然気にしなくていいですから」

やんわりと、だが断固とした響きで拒否すると、彼が不満そうな顔になる。

しかしあかりは、それに気づかないふりをした。元より見返りを求めて飴屋を助けたわけではない上、食事を提供したことや車を貸したのは成り行きだ。これ以上他人を自分の生活に踏み込ませるつもりがなく、あかりは笑顔でこの場をやり過ごそうと決める。

そのとき彼の視線が、ふとあかりの背後に向けられた。何かに目を止めた飴屋はどこか意味深な笑みを浮かべ、あっさり自身の要求を引っ込める。

「ごめん、じゃあ電話番号はいい。――ありがとう。俺はここで失礼するから」

「ええ。気をつけて」

彼がそれ以上食い下がってこなかったことに、あかりはホッとしていた。自分の車に乗り込んだ餡屋が、窓を開けてこちらを見る。

「じゃあまた、奈良原さん」

隣の家の敷地で車をUターンさせた彼は、短くクラクションを鳴らして走り去っていく。

遠ざかっていく車のテールランプを見送りながら、あかりは夕方の風に吹かれた。日中のひどい蒸し暑さはこの時間になると幾分和らぎ、比較的過ごしやすくなっている。

（餡屋さん、一人で帰れるくらい元気になってよかった。帰りにまた具合が悪くならなければいいけど）

三十度超えの真夏日の中、エンジンがかかっていない車の中で餡屋を見つけたときは、本当に肝が冷えた。

しかし点滴の甲斐《かい》あって熱が下がり、食欲も出たのにはホッとする。病み上がりであんなに旺盛な食欲を見せられたのにはびっくりだったが、作った料理を褒められて悪い気はしない。

ふいに強い空腹を感じて、あかりはため息をついた。餡屋には自分の分が他にあるように言ったものの、実は用意した料理はすべて彼に食べられてしまった。

何かしらの食材は冷蔵庫に入っているものの、これからまた何か作るのはひどく億劫だ。

（簡単に済ませたいから、もうお昼に考えていた冷や麦でいいかな。ちょっと物足りないような気もするけど、あとでチーズでも食べながらワインを開ければいいし。うん、そう

しよう）

そう考えると少し気持ちが浮上してきて、やはりワインに合う何かを作ろうという気力が湧いてくる。

冷凍庫にある蛸《たこ》はカルパッチョにし、ブロッコリーとじゃがいもはニンニクとアンチョビで炒《いた》めればいい。その前に入浴してしまえば、あとは就寝するまでくつろげるはずだ。

そう結論づけたあかりは、「たまに人と接するのもいいが、やはり自分は一人の時間が好きだ」と考えた。誰に気を遣うことなく、自分の時間を大切にする。そうしたくてこの家に引っ越してきて、今は何の不満もない。

吹き抜ける風が、肩口で揺れる髪を巻き上げてきた。それを押さえながらあかりは暮れていく空をしばらく眺め、やがて自宅に戻った。

第二章

それから一週間ほど、じりじりと暑い日が続いた。

庭の物干し竿《ざお》には、先ほど洗濯して干したばかりのシーツとタオルケットがかすかに揺れている。風はほとんどなく、まだ午前九時だというのに気温がぐんぐん上がってきているのを肌で感じた。

庭のポンプでじょうろに水を汲《く》みながら、あかりはため息をつく。

（はあ、暑い……）

夏本番まではまだひと月ほどあるはずなのに、今年の暑さは本当に異常だ。井戸水のキンとした冷たさが、手に心地いい。

植栽に丁寧に水を遣ったあかりは、落ちていた花がらを拾う。家庭菜園のところまで来ると大きなトマトがいくつも実をつけていて、ピーマンやなすも食べ頃になっていた。

大葉に至ってはモリモリと茂りすぎ、既に収拾がつかなくなっている。そんな様子を見るにつけ、あかりの口からまたため息が漏れた。

一人で家庭菜園をするのは、考えものだ。トマトがなりすぎて困っていて、その横のミニトマトに至ってはもっと鈴なりになっている。

毎食食べても追いつかないくらいのトマトをステンレスのボウルにいっぱい収穫し、あかりはうんざりとした気持ちを押し殺した。ミニトマトは先日大きな瓶に甘酢漬けにしたばかりで、それでもこうして次々になる実を前にすると、また同じものを作る気にはなれない。

（どうにかして、このトマトを消費できないかな……。あ、そうだ）

山盛りのトマトを見つめているうち、あかりはふとトマトソースを作ることを思いつく。

大量のトマトをいっぺんに消費できる上、フリーザーバッグに入れれば冷凍保存もできる。あればいろいろな料理に使えて、一石二鳥だ。

（すごい、何で今まで考えつかなかったんだろう。これだけあれば、かなりの量のトマトソースができるはず）

早速家の中に戻ったあかりは、冷蔵庫から玉ねぎとニンニクを取り出してみじん切りにする。

トマトは本当は皮を湯剥きをして、種も取り除いてしまったほうがいいのはわかっているが、面倒なので最後に漉すことに決めた。

大きいのも小さいのも適当にざく切りにしたあと、一番深さのある大きなフライパンを出し、オリーブオイルでニンニクを弱火で炒《いた》める。香りが立ったら玉ねぎも炒め、あとはトマトと岩塩を加えてひたすら煮込むだけだ。

（そうだ、バジルも入れなきゃ）

あかりは急いで庭に行き、摘んできたバジルの葉を四、五枚ちぎりながらフライパンに入れた。

ごく弱火に火力を調整し、そのまま仕事部屋に向かう。十分後には戻るつもりでいたものの、気がつけば仕事に集中してしまい、二十分ほど経ったところで慌てて台所に戻った。底が軽く焦げつきがちだったものを木べらでかき混ぜ、濃度を見る。コンソメと砂糖で味を調え、最後にスープ漉し器で漉すと、滑らかなソースができ上がった。

食欲をそそる匂いがキッチンに充満し、あかりはそれにうっとりしながら考える。

（まずは何を作ろう、パスタ？　少し生クリームを加えて、トマトクリームパスタとかいいな。ピザトーストはもちろん外せないし、鶏肉を煮込んでカチャトラにするのもいいかも）

早く食べたくてうずうずしながら、粗熱を取るためにそのまま置いておき、仕事に戻る。そしてパソコンで経済指標のスケジュールを見ながら、あかりは以前やっていた仕事を懐かしく思い出した。

（前はリアルタイムで値動きを見るために、毎日夜更かししてたっけ。今はこんなにのんびりしてるのが、嘘みたい）

今は前のように、いちいち夜中に起きたりはしない。

朝になれば結果はわかる上、もう〝仕事〟ではないからだ。以前の職場を辞めて一年と少し経つが、当時のことがもうすっかり遠い昔のでき事のように思える。

あかりはワークチェアの背もたれに体重を預け、窓の外をぼんやりと見つめた。かつてはあくせくして、肉体的にも精神的にもまったく余裕のない状態だった。

現在の穏やかな暮らしを思うと、「やはり辞めて正解だったのだ」という気持ちがこみ上げる。きっかけこそ衝動的だったが、あのままだと遅かれ早かれ自分には限界がきていただろう。

元々早い段階で、ドロップアウトする人も多い職業だった。そんな中、十一年勤めた自分は、それなりに頑張ったほうなのだと思いたい。

（……でも結局、元の仕事に足を引っ掛けてるような状況だけどね）

自嘲して笑ったあかりは、目の前のパソコンモニターに向き直る。

すると次の瞬間、外からトラックのバック音らしき音が聞こえて、あかりは顔を上げた。

家の前の道路は日中そこそこの交通量があるが、ほとんどすべての車が通り過ぎていくだけで、停まったりバックしたりということはない。

（わたし、何か荷物頼んだっけ）

ネット通販は日常的に使うため、もしかすると宅配が来たのかもしれない。そう思いながらあかりは立ち上がり、窓から外の様子を窺《うかが》う。

カーテンの陰から見ると、荷台にたくさんの物を積んだ二台のトラックがバックで隣の敷地に入っていくところだった。隣家の敷地には既に黒のピックアップトラックが停まっており、見覚えのあるその車にあかりは目を瞠る。

（あれってもしかして、先週の車？）

ちょうど一週間前、あかりは気温三十度超えの猛暑の中、隣家の前に停まった車の中で熱中症になっていた男性を介抱した。

それを思い出していると、二台のトラックから降りてきた男性たちが、何やら話しながら荷台のブルーシートを外している。視線を巡らせたところ、長く空き家だったはずの隣家の玄関の引き戸が開いており、そこから出てきた人物を見たあかりは息をのんだ。

（あの人……）

一週間前に会ったばかりのその人物は見上げるほど背が高く、強く印象に残っていた。

〝飴屋〟と名乗ったその男性を、あかりはカーテンの陰から言葉もなく見つめた。

＊＊＊

改めて見ると、つくづく古くて汚い家だ。古民家といえば聞こえはいいものの、どちらかといえば〝廃屋〟といったほうがしっくりくる。

（うーん……現状渡しでいいって言ったの、失敗《せ》だったかもな）

黴《かび》と埃《ほこり》の入り混じった空気を吸い込み、小さく咳き込んだ飴屋悠介は、土間から家の中を見回してため息をついた。

この家の中に入ったのは、実は今日が初めてだ。今まで住んでいた物件の取り壊し期日が迫り、引っ越し準備をする期間が極端に短かったため、内覧はせずに外見《そとみ》の感じと間取りの図面、内部の写真の確認をしただけで慌ただしく契約した。

前の家主は農家だったらしく、家の間取りは８ＤＫと大きい。家屋は二階建ての部分と増築した平屋部分が隣接していて、玄関を入ってすぐのところには十三畳もある大きな土間と台所があった。

かなり変わった造りだが、おそらく収穫した野菜を洗ったり、箱詰めするという作業のためにこんな広い土間を造ったのだろう。家屋部分への入り口には木製の幅広の縁台があり、その奥には襖で仕切られた畳敷きの部屋が四つあった。

管理会社の人間が「襖《ふすま》をすべて取り払ってしまえば、三十畳の大広間になる」と言っていたとおり、一階部分はかなり広い。築年数は七十九年と相当古いものの、値段を考えるとかなりお買い得な物件だった。

（まあいいか。掃除さえすれば、たぶん何とかなるし）

埃臭い家から外に出た飴屋は、敷地に入ってきた二台のトラックを見やる。

今回引っ越しの手伝いを申し出てくれた友人二人が、それぞれ荷物を積んだトラックを運転し、ここまで来ていた。

車から降りた彼らが、戸口に立っている飴屋に向かって言う。

「なあ、荷物はもう降ろしてっていいの？」

「ああ、頼む。まずは一階に適当に積んでいって」

出発の直前まで仕事をして、何もかもを一気にトラックに積み込んできたため、荷台はまったく整頓されておらず雑然としている。

自らも荷降ろしに取りかかろうとした飴屋だったが、ふと視線を感じたような気がして顔を上げた。

その方向にあるのは、隣家だ。集落の端に位置するこの辺りには他に建物はなく、家の前の道路をときおり車が走り過ぎていくだけでうら寂しい。田舎にそぐわないスタイリッシュな外観の隣家の住人とは、つい一週間前に顔を合わせた。

（よし、先に挨拶しておくか）

隣家の住人は、おそらくこちらの動きに気づいているに違いない。

先日行き倒れていた飴屋を介抱してくれた彼女は、隣に引っ越してきたのを知って驚いているだろうか――そう考え、飴屋は微笑む。

「ごめん。俺、先にちょっと隣に挨拶してくるわ」

「おう。いってらっしゃい」

友人の一人が荷台に上がりながらそう応え、飴屋は自宅の敷地を抜けると、意気揚々と隣家へと向かった。

＊　＊　＊

大量の荷物を積んだトラック二台と、玄関が開いた隣家の様子からすると、おそらくあれは引っ越しだ。

そう考えていたあかりは、ふいに飴屋がこちらに視線を向けてきた気がして、慌てて部屋の中に引っ込んだ。トラックの上に積まれたものの中には冷蔵庫やテレビなどの生活家電があり、戸惑いがこみ上げる。

(何であの人が隣に……。家はすごく広いけど、もしかして家族で住むの？)

以前隣家を管理する会社の人間がたまたま訪れたとき、庭先で世間話をしたあかりは、あの家の間取りは８ＤＫだと聞かされた。

百坪をゆうに超える広大な敷地で、家も相当大きかったが、こちらが引っ越してくる前から長いこと空き家だったらしい。

(……どうしよう)

突然隣人ができることになり、あかりはひどく複雑な気持ちになる。

ましてや相手は、まったく知らない人間ではない。おのずと関わる機会も増えそうで、今後を思うと少し気が重くなった。

そのとき突然、玄関のチャイムが鳴った。飛び上がるほど驚き、あかりは動揺しながら足早に玄関に向かう。ドアを開けると、そこには予想していたとおりの男性がいた。

「……あの……」

「突然来て申し訳ない、先日お世話になった飴屋です。このあいだは本当にありがとう、助かった」

「いいえ、それは」

「ついでに挨拶しておくよ。今日、隣に越してきたんだ。今後もよろしく」

「…………」

（やっぱり、引っ越してきたんだ）

困惑するあかりを見下ろし、飴屋が何かを言いかける。

そこで隣家の敷地から、トラックを運転してきた男性の一人が声をかけてきた。

「悠介ー、やっぱ駄目だったわ。染液、かなり零れてる」

「えっ、マジか」

飴屋ががっかりした顔で、声がしたほうを振り返る。

トラックの上に立った男性は、クリアなプラスチック製の衣装ケースを両手で持ち上げていた。その中には茶褐色の液体が三分の一ほど入っていたが、どうやら中身が零れてしまったらしい。

「やっぱ密封できる容器じゃなかったもんな。あーあ、せっかく煎じたのに……」

ぼやく口調でつぶやいた飴屋が、こちらに「ちょっとごめん」と断って、トラックのほうに戻っていく。

あかりは玄関を開けたまま、彼らの様子を見つめた。荷台にはブルーシートが敷かれていて、万が一液漏れをした場合に備えていたらしい。

だが漏れた液体の量が夥《おびただ》しく、シートの外にも零れていて、他の荷物が濡《ぬ》れてしまったようだ。

(それにしても……)

荷台には雑多な荷物の中に大きな寸胴鍋やらプラスチックのザルなどが混じり、あかりはどうしてキッチン用具があんなところにあるのかと不思議に思う。

奥のほうにはどう見てもロケットとしか思えない形状の銀色の長い筒もあって、一体どういう分類の荷物なのだろうとますます困惑した。

「悠介、家の中すっげー汚いよ。掃除しないとまったく住めるレベルじゃない。バケツと雑巾どこ?」

家の中から出てきたもう一人の男性が、そう問いかけている。飴屋が荷台に立ち上がり、辺りを見回した。

「バケツに雑巾……あー、どこだったかな」

荷台の上は、とにかく手当たり次第に荷物を積んできたという印象で、どこに何があるかは把握できていないらしい。

いつまでも荷台を引っ掻《か》き回しているのを見兼ねたあかりは、勇気を出して声をかけた。

「――あの」

三人の視線が一斉に集まり、その反応に狼狽《ろうばい》する。

しかし彼らの段取りの悪さを見ていられず、出すぎた真似だろうかと考えつつ遠慮がちに申し出た。

「よかったらうちの掃除道具、貸しましょうか？」


建物の各部屋に敷いてある畳は、かつてあかりの家にあったものに比べればだいぶしっかりしているものの、ひどく毛羽立っていてところどころ足が沈む。

黴と埃が入り混じった臭いに軽く咳き込みながら、あかりは膝をついて雑巾で畳を拭いていた。初めて入った隣家はやはり大きく、特に縁台から上がった住居部分の広さに圧倒される。襖がすべて取り外されているため、一番奥にある床の間がひどく遠く見えた。

（居間は確か三十畳って言ってたけど、ほんとに広い。これを拭くのは大変そうだな）

そんなことを考えながらせっせと手を動かしていると、あかりの傍に来た飴屋が謝ってくる。

「ごめん、道具を借りるどころか、掃除まで手伝わせちゃって」

自宅にあるバケツや複数枚の雑巾、洗剤などを持って隣家を訪れたあかりだったが、家の内部があまりにも汚く、「掃除をしないと荷物を運び入れられない」と彼の友人の一人が言い出したため、急遽《きゅうきょ》全員で拭き掃除をする流れになった。

こちらとしては道具だけ置いて帰ってもよかったものの、見るからに広い家で大変そうで、つい「手伝いましょうか」と言ってしまった。

全員から目を輝かせて見つめられ、結局こうして床にしゃがみ込んで一緒に畳を拭いている。あかりは手元に視線を落としながら答えた。

「いいんです。大変そうだし、わたしもたまたま暇だったので」

「前回といい、ほんと借りを作ってばっかりだな」

笑う飴屋の顔は人懐こく、それを見たあかりは当初彼に感じていた威圧感をもう感じていないのに気づく。

一緒にいる友人二人は、仕事の同業者らしい。簡単に挨拶を交わし、すぐに黒くなってしまうバケツの水をこまめに換えながら、あかりは畳を拭く。

すると飴屋の友人のうち、髭面《ひげづら》でがっちりした体型の男性が言った。

「しかしこの広さ、引染《ひきぞめ》にはうってつけだよな。三丈物……いや四丈物もいけるんじゃないか」

「ああ、たぶん」

飴屋が床の間を磨きながら頷《うなず》くと、男性が言葉を続けた。

「しかもカーテンを閉めきれば、遮光もできるもんな。土間も蒸し器を置いたり、水元《みずもと》に使ったりできるし、こんないい物件よく見つけてきたよ。しかも安いんだろ？」

「四〇〇万円をちょっと切るくらいだったのを、『現状渡しでいいから』って交渉して三八〇万にしてもらった。おかげでこんなに汚いけど、かなりお買い得だったと思うよ」

よくわからないが、この物件は彼らにとってこの上なく魅力的なものらしい。

交わされる会話を聞くとはなしに聞きながら、あかりはコンクリートとタイルで作られた台所をゴシゴシ磨いた。給湯器や換気扇は、古い物件だけあって相当レトロだ。

台所の左手には扉のない四畳ほどの小部屋があり、おそらく貯蔵庫や物入れとして使われていたのだろう。薄暗くひんやりしているため、確かに食品や野菜の保存にはよさそうだと考えつつ、あかりはしげしげと辺りを見回す。

土間に台所があり、靴を履いたまま料理をするというのは、今の間取りでは絶対にないものだ。貯蔵庫の隣のドアを開けると、中は黴でかなり汚れたタイル張りの小さな浴室があり、壁面を虫が這《は》っていた。その隣も同じく、あちこちを虫が蠢《うごめ》くゾッとするほど汚いトイレになっている。

（うっ、これを掃除するのは無理）

浴室とトイレのあまりの汚さに閉口し、あかりは見なかったことにしてそのままドアを閉めた。

水周りの設備ははっきり言って最悪だが、飴屋がこのまま使うつもりなら相当な強心臓に違いない。

気を取り直して窓ガラス拭きに取りかかったものの、窓に付けっ放しの厚地のカーテンは相当古く、臭いもかなりきつい。せめて一度洗うなり、新しく取り換えるなりするべきだと思ったが、彼らはそこまで気が回らないようだ。

あかりが視線を向けると、彼らは土間に下りて天井を見上げながら何かを話し合っている。

「ここに物干し竿を六本渡そうと思ってるんだ。ステンレスのやつ」

「あー、水元のあとにすぐ干せるように？　いいな」

「この辺って、金物屋あったっけ。長いから、もしかしたら特注になるんじゃないか」

吹き抜ける風が、ふいにあかりの髪を揺らした。

外はうだるような暑さだが、家の窓を全部開け放すと風が通るのは昔の住居ならではの美点だ。

昼を過ぎていたこともあり、彼らはコンビニで食料を調達してくる相談を始める。そのついでに金物屋を見てこようという話をしていて、あかりは雑巾を置いて飴屋に言った。

「あの、わたし、そろそろ戻りますから」

「あ、昼飯をご馳走《ちそう》するから、まだいてくれないかな。まあ、コンビニ飯なんだけど」

「いえ、お構いなく。バケツは使い終わったら返してくださいね。明日でも明後日でもいいので」

すると彼が、微笑んで言った。

「本当に助かった。改めてお礼がしたいんだけど、今日の夕方くらいにそっちに伺ってもいいかな」

「まだ片づけが大変そうですから、どうかそっちを優先してください」

あかりは「それじゃ」と言って、自宅に戻る。

汚れた手足のまま家に上がるのが気になり、玄関ではなく庭に回って井戸水で足を洗った。背後で黒のピックアップトラックが出ていったため、おそらく彼らは買い物に行ったのだろう。

あかりは小さく息をつき、庭からリビングに上がる。彼らの会話の内容から推測すると、友人二人は同居する予定はなく、どうやら隣家には飴屋一人で住むつもりらしい。

「夕方に来る」と言っていた彼の言葉を思い出し、あかりは少し面倒な気持ちになった。そもそも飴屋はなぜわざわざこんな田舎の、しかも自分の家の隣に引っ越してきたのだろう。

（あながち知らない相手じゃないところが厄介だな。折に触れて話しかけられそうだし）

今後彼とどういう形でつきあっていくべきか、距離が測りにくい。

成り行きで掃除を手伝ったものの、これまでの静かな暮らしが壊される予感にあかりは落ち着かない気持ちになっていた。台所に置きっ放しだったトマトソースはとっくに冷めていたため、瓶に詰めて冷蔵庫にしまうと、疲れをおぼえてソファに横になる。

扇風機を遠くから当てているうち、気づけばそのまま眠り込んでいた。目が覚めたとき時刻は既に午後四時半を回っていて、昼食を食べていなかったのを思い出し、にわかに空腹を感じた。

起き上がったあかりは冷たいお茶を一杯飲み、洗濯物を取り込むために庭に出た。すっかり乾いてフカフカになったシーツやタオルケットを取り込んでいると、隣家から二台のトラックが出て行くのが見える。

どうやら飴屋の友人たちは、帰ったらしい。明日は平日のため、仕事をしている人ならば当たり前かもしれない。

そう考えながら洗濯ばさみを片づけ、家に上がろうとした途端、ふいに往来のほうから声をかけられる。

「お邪魔します。入っていいかな」

あかりは足を止め、声がしたほうを見やる。庭の入り口から覗《のぞ》き込む飴屋が、そこにいた。

＊＊＊

引っ越しの片づけに一応の目処がつき、手伝いに来てくれていた友人たちが「そろそろ帰ろうかな」と言い出したのは、午後五時少し前だった。

これから政令指定都市まで車を運転して帰ると到着は午後七時を過ぎるはずで、飴屋は段ボール箱の中身を取り出す作業を中断して外まで彼らの見送りに出た。

「手伝ってくれて本当に助かったよ、ありがとう。今度そっちに行ったら奢《おご》るから」

「当たり前だ。うんと高い店を指定するぞ」

「高級焼肉とかいいよな」

冗談めかした友人たちの言葉に、飴屋は笑って答える。

「家を買って貯金使い果たしたから、マジでもう金がないんだ。そこそこの居酒屋で勘弁してくれ」

冗談ではなく、社会人になってからコツコツと貯めてきた金は今回の自宅購入でほぼなくなってしまった。

「いい買い物をした」と考えているので後悔はないものの、若干の心許なさを感じなくもない。飴屋は彼らに向き直って言った。

「悪いけどトラックの返却、頼むな。最後まで手間掛けさせてしまって申し訳ないけど」

「いいよ、気にすんな。じゃあ次に会うのは、個展の打ち合わせのときか？」

「いや、その前にそっちに行く用事があるから、近くなったらメッセージを送るよ」

二台のトラックに乗り込んだ友人たちが、短くクラクションを鳴らして走り去っていく。

それを見送り、飴屋はまだ蒸し暑さを残す風に吹かれて小さく息をついた。

（……さてと）

自宅には戻らず、そのまま隣の家に向かう。

隣家は平屋作りで、周囲が黒の板塀で囲まれており、玄関の左側には庭があった。玄関のインターホンを鳴らそうとした瞬間、ふと庭の様子が垣間見え、飴屋は動きを止める。

家主の奈良原が庭に出て、干してあった洗濯物を取り込んでいるところだった。

飴屋はそのまま庭に足を向け、入り口から声をかける。

「お邪魔します。入っていいかな」

涼しげな麻のワンピースを着た彼女が、驚いたように動きを止める。

一瞬の間のあと、彼女はすぐに感じのいい微笑みを浮かべて言った。

「ええ、どうぞ」

踏み入れた庭は鬱蒼《うっそう》と緑が生い茂っていたものの、よく手入れされていて美しい。周囲を見回した飴屋は、感嘆のため息をついてつぶやいた。

「いい庭だな。和風の植栽が生き生きしていて、すごく絵になる」

シャラやトキワサンザシ、百日紅などの樹木の他、半日陰でもホスタや薄紫のゲラニウム、ユキノシタやヤブランなどが植えられ、それぞれ色味や葉の質感の違う下草がしっとりとした雰囲気を醸し出している。

飴屋の言葉を聞いた奈良原が、笑って答えた。

「ほとんどは、ここに元々あった植栽なんです。趣味に合わないのは抜いて、少しずつ自分の好みにして」

「うん、すごくいい。あ、ポンプ付きの井戸もあるのか」

飴屋は庭の奥にあるレトロなポンプに目を留める。

かなりの年代物に見えるそれは、植栽と畑の間にあった。彼女いわく、井戸水を汲《く》み上げるためのもので、以前からあったものらしい。

（いいな。うちにもこんなのがあったらよかったのに）

掃きだし窓に座るように勧められ、飴屋は腰を下ろす。

奈良原が腕にシーツとタオルケットを抱え、家の中に入っていった。一度台所に引っ込んだ彼女は、お盆に氷の入ったお茶をのせて持ってくる。

それを受け取りながら、飴屋は礼を述べた。

「何から何まで世話になってしまって、申し訳ない。今日も掃除を手伝ってくれて、すごく助かった。ありがとう」

「飴屋さんは、あの家に一人で住むんですか？」

「うん。実は一週間前に熱中症で助けてもらったとき、ネットで見つけたあの家の下見に来てたんだ。周りの雰囲気とか実際の広さとか、一体どんな感じなのか自分の目で見てみたくて」

それを聞いた奈良原が、眉を上げて口をつぐむ。

確かに驚くだろうなと飴屋は考えた。先日は何も言わずに立ち去り、そんな相手が今日突然引っ越してきたのだから、困惑するのも無理はない。

飴屋は彼女を見つめて説明した。

「仕事で使うための一軒家を探してて、とにかく古くてもいいから値段が安いところをピックアップしてたんだ。ネットで見た感じだと、あの家は土間や間取りの広さが仕事にうってつけで、一目惚《ぼ》れみたいなものだった」

一週間前の日曜、飴屋は急ぎの仕事を徹夜で終えたあと、体調があまりよくないのを押してここまでやってきた。

しかし結局熱で動けなくなり、バッテリーが上がった車の中で熱中症になって奈良原に介抱されたというのが、先日の事の顚末《てんまつ》だった。

「あのとき奈良原さんが電話番号を教えてくれなくて少しがっかりしたけど、どうせまた会うからいいと思ったんだ。もう家を買うことは決めてたから」

それを聞いた彼女が、何ともいえない表情で押し黙る。飴屋は微笑んで言葉を続けた。

「お隣さんがすごくいい人だっていうのも、引っ越してくる上でポイントが高かった。これからよろしく」

「あ、いえ、こちらこそ」

お互いに頭を下げ合い、顔を上げたところで、ぎこちない空気が満ちる。飴屋は彼女を見つめて申し出た。

「せっかく隣なんだし、何か男手が必要な場合は遠慮なく言ってほしい。夜中とかでも全然構わないから」

「そんなことないですから、お気遣いなく」

恐縮して断る奈良原を前に、飴屋は言葉を続けた。

「確かにそんな状況はないかもしれないけど、こっちはそういう心積もりでいるっていうのを覚えておいてほしいんだ。いざというときに頼れる人間が近くにいるのといないのは、きっと大違いだと思うから」

「…………」

彼女はどこか曖昧な顔になり、答えない。

その表情からは、如才なく振る舞いながらも積極的に人と関わりたくないという雰囲気が透けて見え、飴屋は内心首を傾げる。

（……何か理由があるのかな）

聞いてみたい気がしたが、まだそこまで親しい間柄ではないため、踏み込みすぎるのは躊躇《ため》われた。

だがせっかく隣になったのだからできるかぎり友好な関係を築きたいという思いがあり、飴屋は奈良原の表情にはあえて気づかないふりで言葉を続けた。

「お礼をしたいから、明日暇なときにでもうちに来てもらえないかな」

「えっ？」

「それまでに少し、家の中を片づけておくから。見てほしいものがあるんだ」

飴屋の申し出に、彼女が慌てたように言う。

「あの、お礼なんて結構ですから」

「俺の気持ちだから。まあ、あんたの趣味に合うかどうかわかんないけど」

「趣味？」

飴屋が言う〝お礼〟は、万人受けするものではない。

趣味に合わない、もしくはまったく興味がないと言われればそれまでのものだ。しかし彼女に対する感謝の気持ちを表すには、菓子折りなどを渡すよりそちらのほうがよほど伝わるような気がする。

飴屋が引かないのを悟ったのか、奈良原が遠慮がちに答えた。

「あの……午前中には伺えると思いますけど」

「そっか。じゃあそれまでに片づけておくよ」

彼女の答えにホッとし、飴屋は笑う。

話が途切れ、ぬるい風が二人の間を吹き抜けた。本当はもうひとつ、奈良原に話したいことがある。しかし先ほどの彼女のぎこちない態度を思い出すと軽々しく口には出せず、飴屋は言いよどむ。

(どうする……やっぱりやめるか)

ここに来るまで、家の片づけをしながら何度も考えていた。

奈良原と顔を合わせたのは今日で二度目で、まださほど親しくはない。思えば彼女には最初から迷惑しかかけておらず、奈良原の中での自分の評価はおそらくあまりよくないだろう。

グラスのお茶を飲み干し、手持ち無沙汰になった飴屋は、気づけば彼女の顔をじっと見つめていた。その眼差しに居心地の悪さを感じたように、奈良原が視線を泳がせる。

飴屋は腹をくくって口を開いた。

「これまでさんざん迷惑をかけたから、図々しいついでにお願いするけど」

「な、何ですか？」

「――シャワー、貸してくれないかな」

奈良原が思いがけないことを言われた表情で、こちらを見る。飴屋は言葉を続けた。

「片づけで忙しくて全然掃除の手が回らなかったんだけど、うちの風呂場、さっき見たらあまりにも汚くて使えるレベルじゃないんだ。得体の知れない虫がワサワサいて」

「あ、確かに……」

その反応から、飴屋は彼女が既にあの惨状を知っていたのだと悟る。

本当に、驚くほどの汚さだった。古めかしいタイル張りの風呂場はあちこちにヒビが入り、真っ黒な黴に覆われていた。中はドブのような饐《す》えた匂いが充満し、どこから入ってきたのか、壁や床には見たこともないような虫が何匹も這い回っている。

トイレも同様で、古い物件のせいか和式のトイレは汲み取り式のままだった。便器にはムカデのような虫が数匹へばりつき、蠅《はえ》も飛んでいる。動きの速い虫が自分のほうに向かって這ってきたのを見た飴屋は、掃除どころではなく慌てて扉を閉めた。

（入居前に、しっかり確認しておかなかったのがいけなかったんだよな。自分で掃除できないレベルなら、プロにどうにかしてもらうべきだったのに）

後悔しても、もう遅い。

さんざん値切って現状渡しにしてもらったため、清掃業者を入れなかったツケがこの有様だ。都市部の、しかもそこそこ裕福な家に生まれ育った飴屋は、ここまで劣悪な環境に免疫がない。情けない話、虫は幼い頃から大の苦手だった。

惨状を思い出して暗澹《あんたん》たる気持ちになりながら、飴屋は言葉を続けた。

「トイレもすごくて、二度と開けたくない気持ちでドアを閉めてきた。さすがにあの二つは、業者に頼んでリフォームしないとどうにもならないかもしれない。それで奈良原さんにお願いなんだけど」

飴屋は彼女に向き直り、いちかばちかの気持ちで頭を下げた。

「トイレと風呂場をリフォームするまで、どうかこの家のを貸してほしい。もちろん金は払うし、使う時間を決めてなるべく迷惑かけないようにするから」

「えっ？　あ、あの、ちょっと待って」

奈良原が焦った表情で口を開く。

「困ります。わたしは独り暮らしだし、そんなふうにうちを使われても」

「失礼は百も承知してる。でも家を買ったせいで貯金がほぼなくなって、今すぐリフォームするのは難しいんだ。本当に迷惑かけないようにするから」

彼女の動揺はもっともで、図々しいことを言っている自覚はありすぎるほどある。

しかしいろいろ考えた結果、飴屋には奈良原にお願いするしかなかった。この家は集落の外れにあり、周囲には畑しかない。

少し離れた町に銭湯はあるが自宅からかなり遠く、トイレのたびにいちいち車で十分の位置にあるコンビニに行くのも、店の迷惑を考えると気が引けた。

もちろんそんな事情は彼女には微塵《みじん》も関係がなく、水周りが使えないくらいに汚いのは完全に飴屋の落ち度だ。しかし奈良原に語ったとおり、家の購入で貯金はあらかた使い果たしてしまい、すぐにリフォーム資金を用意するのは難しい。

視線を向けると、彼女が複雑な顔で黙り込んでいた。おそらく断り文句を探しているのだろうと考え、飴屋の中に次第に後悔がこみ上げてくる。

（そうだよな。いきなりこんなことを言われたら、引いて当たり前だ）

奈良原は女性の独り暮らしで、ましてや自分たちは出会ったばかりだ。

信頼関係はまったく構築されておらず、警戒されるのもそれを理由に断られるのも当然だと思える。

今後のつきあいを考えるなら、やはり無茶な要求は今すぐに引っ込めるべきだろう。そう思い、飴屋が口を開きかけた瞬間、彼女が渋々といった体で言った。

「……わかりました。シャワーは毎日、時間を決めて貸しますから」

てっきり断られると思っていた飴屋は、奈良原の言葉をひどく意外に思った。

飴屋がまじまじと見つめると、彼女はどこかばつが悪そうにする。苦々しい顔つきになった奈良原が、少し尖《とが》った口調で早口に言った。

「トイレは随時使っていいけど、それ以外のところはウロウロしないでください。特に他の部屋のドアは、絶対に開けるのは禁止です。いいですか？」

「もちろんだ。本当にありがとう」

無茶な申し出を受けてくれたことに感謝の念がこみ上げ、飴屋は思わず笑顔になる。

それ以上に、彼女が〝よそ行き〟ではない素の感情を初めて垣間見せてくれた気がして、うれしかった。

飴屋はとりあえず、今月分の使用料を提示する。するとそれを聞いた奈良原が、慌てて首を横に振って言った。

「それじゃあ多すぎます。そもそもこの地域は、上水道は無料なんです。知ってました？」

「ああ。仕事で水をかなり使うから、そこもポイントが高かったんだ。まあそれは別として、金は迷惑料だと思って受け取ってくれるとうれしい。やっぱりかなり図々しいお願いをしてるって自覚はあるし」

否定しないということは、やはり迷惑だと感じているのだろう。

そう考えた飴屋は、なるべく彼女のストレスにならないようにしようと肝に銘じつつ、問いかけた。

「シャワーの時間、あまり遅くなると迷惑だろうから、毎日このくらいの時間でいいかな」

それを聞いた彼女が、リビングの壁掛け時計に視線を向ける。時刻は午後五時過ぎで、奈良原が立ち上がりながら言った。

「じゃあ、早速どうぞ。脱衣所にあるタオルは好きに使って構いませんから」

＊＊＊

閉め切られた洗面所の引き戸の向こうで、シャワーを使う水音がしている。

それを聞きながらキッチンに立つあかりは、複雑な気持ちを持て余した。

（何だかおかしなことになっちゃった。毎日あの人にトイレとシャワーを貸すことになるなんて）

平打ちのパスタを大鍋で茹《ゆ》でながらきのこをフライパンで炒め、あかりはそこに今日作ったばかりのトマトソースを入れる。

飴屋が帰るのを待ちきれず、空腹に耐えかねたあかりは夕食の準備を始めていた。今まで自分しかいなかった家の中に他人の気配がするのは、ひどく落ち着かない。ましてやその人物は、まだ人となりをよく知らない男性だ。

そう考えながら、あかりはレタスをちぎってボウルの中の水にさらす。飴屋の話を聞いているうち、気の毒になってつい彼の申し出を了承したが、本当にこれでよかったのかという思いが今さらのようにこみ上げていた。

（そうだよ。わたしは自分の生活ペースを乱されるのは嫌なのに、これから毎日彼の気配に気を遣いながら生活するの？）

しかし今日から隣人になってしまったのだから、無下にもできない。

ボウルに水気を切ったレタス、きゅうり、ミニトマトや細切りのにんじんなどの野菜を適当に入れて、クルトンを散らす。でき上がったサラダをとりあえず冷蔵庫に入れておき、スープはコンソメに溶き卵とダイス状に切ったトマトを入れた簡単なものにした。

もうすぐパスタが茹で上がるというタイミングでフライパンのトマトソースを火にかけ、生クリームとほうれんそうを加えてひと煮立ちさせると、バジルのいい香りが立ち上ってうっとりする。

（いい匂い。明日の朝は絶対ピザトーストにしなきゃ）

「シャワー、ありがとう。さっぱりした」

そこで洗面所の引き戸が開き、濡れ髪の飴屋が出てくる。

何気なくそちらに視線を向けたあかりは、ぎょっとして問いかけた。

「ちょっ、何で裸で出てくるんですか」

飴屋は下のデニムは穿《は》いているものの、上半身は裸だった。

無駄のない締まった筋肉質の身体を見て、まったく心の準備がなかったあかりは思わず動揺してしまう。そんなこちらを尻目に、飴屋は言われて初めて気がついたようにあっさり答えた。

「せっかくシャワーを浴びたのに、汗をかいたシャツを着たくなかったからなんだけど。今度はちゃんと着替えを持ってくるよ」

広い肩幅や引き締まった腹筋、筋張った腕が男っぽく、一瞬で目に焼きついたその姿にひどく狼狽する。自分が家に招き入れたのは若い男なのだと、唐突に意識していた。

気まずさをごまかすように茹で上がったパスタをフライパンに移し、ソースを絡める。フライパンを軽くあおり、早く立ち去ってほしいと思いながら皿に盛りつけていると、突然盛大な腹の音が聞こえた。

あかりは気まずさも忘れ、驚いて飴屋に視線を向ける。すると彼が、ばつが悪そうな顔でつぶやいた。

「ごめん。あんまり美味そうな匂いなもんで、つい」

「…………」

(……ああ、もう)

そんなことを言われては、無視できない。

つくづく自分はお人好しだと考えながら、あかりはため息をついて問いかけた。

「……よかったら食べますか?」

「いいの?」

目を丸くする飴屋に対し、あかりは断固とした口調で申しつけた。

「食べたいなら、わたしの前で裸でいるのはやめてください。人として最低限の礼儀だと思うので」

「わかった。一旦家に戻って、新しいTシャツを着てくる」

素直に頷いた彼が、掃きだし窓から外に出ていく。

それを見送り、あかりは追加のパスタを茹でる傍ら、たった今でき上がったばかりのものをテーブルに出した。

　やがて先ほどとは違うデザインのTシャツを着て戻ってきた飴屋が、目を輝かせる。

「すごい、豪勢だな」

「座ってください。わたしの分は今茹でてるので、先にどうぞ」

　ほうれんそうときのこが入ったトマトクリームパスタ、それにシーザーサラダと卵とトマトのスープを前に、彼が「いただきます」と言ってフォークを手に取る。

　そして一口頬張り、感嘆の表情を浮かべてこちらを見た。

「んっ、すっげー美味い」

　相変わらず、飴屋の食欲は旺盛だ。

　料理を瞬く間に掻き込んでいく姿は爽快ですらあったが、見ているうちに、もしかしたら足りないかもしれないと考えたあかりは、冷凍庫からバゲットを取り出す。

　それを焼いてガーリックトーストにし、ミニトマトの甘酢漬けも一緒に出した。そしてでき上がった自分の分のパスタをトングで少し分けてやったあと、ようやく彼の向かいに座る。

「これ、今日作ったばかりのトマトソースなんです。庭のトマトが採れすぎたので適当に作ったんですけど、酸っぱくありませんでした？」

「すごく美味い。だから今日の朝ここに来たときも、いい匂いがしてたんだな」

　彼に「あと一人前は余裕で食える」と言われ、あかりは面映ゆい気持ちを味わう。

普段人に手料理を振る舞う機会はないが、作ったものを褒められるのは素直にうれしい。美味しそうに食べてくれるなら、なおさらだ。

食事をしながら、飴屋と世間話をした。聞けば彼の実家はあかりの実家と同じ市内にあり、偶然にも隣の区だという。実家が近かったことで、地理的な話や学校の話など、地元の話題で話が弾んだ。

「じゃあ今までは、ずっと親元だったんですか？」

「いや。自宅兼仕事の作業場の倉庫を実家の近くに借りてたんだけど、そこが宅地になって取り壊されることになっちゃって。退去期限ギリギリまで急ぎの仕事をしてたから、慌てて荷物をまとめてここに来たんだ」

トラック荷台に荷物が山積みだったのは、そうした事情かららしい。

会話は途切れず、あかりはいつの間にか飴屋との時間を楽しんでいる自分に気がついた。それを意外に思っていると、ふいに彼が問いかけてくる。

「ところで、何でここなんだ？」

「えっ？」

話が一段落したところでそんな質問を投げかけられ、あかりは飴屋に視線を向ける。彼がグラスに残っていたお茶を飲み干しながら言った。

「家を買った理由。何でわざわざ地元じゃなく、こんな辺鄙《へんぴ》なところに家を買ったのかなって」

　あかりは一瞬、返す言葉に詰まった。しかしすぐに気持ちを立て直し、何食わぬ顔で答える。

「飴屋さんと同じです。ここが安かったから」

　するとあかりの不自然さには気づかず、飴屋が「確かにな」と頷いた。

「俺ん家もあの広さで、三八〇万だったたし。他じゃ絶対に買えない値段だ」

「うちは一九五万円。六十坪で」

　驚きに目を瞠る彼に微笑み、あかりはリビングに視線を向けながら言った。

「安かったから、その分リフォームにお金をかけたんです。一生ここに住むつもりだし」

「ああ、さっき見たら、風呂も広くてびっくりした。うちとは大違いだ」

　風呂場のスペースも、バスタイムの充実のためにあえて広く取ったのだとあかりが言うと、飴屋が「へえ」と感心する。

「でも『一生住む』って決めるのは早いだろ。だってこれから結婚とか……」

「しません。きっと」

　あかりはさらりと断言する。

　──結婚するつもりはない。そこまで人を好きになることは、もう一生ないのだから。

　するとそれを聞いた彼が、しばらくじっとこちらを見つめる。しかし何か言われることはなく、やがて話題を切り替えるように言った。

「ごちそうさまでした。風呂を貸してもらうだけでもありがたいのに、『食わせてくれ』って催促したみたいで、悪いな」

飴屋が「お礼に食器を洗わせてほしい」と申し出てくれたものの、あかりは食器洗浄機があるのを理由に断った。

掃きだし窓から出て靴を履いた彼が、一段低いところから振り向く。それでもようやく目の高さが同じくらいで、あかりはつくづく背が高いのだと感じた。

「——じゃあ明日の午前中、待ってるから。俺はずっと家にいるし、いつ来てくれても構わない」

「わかりました」

飴屋が「お邪魔しました」と言って、自分の家へと帰っていく。

その背中を見送り、窓のサッシにもたれたあかりは小さく息をついた。突然できた隣人に、今もまだ戸惑っている。穏やかな人柄で、会話をするのは意外にも楽しかったが、自分の生活が彼によって変えられてしまうかもしれない予感があった。

(でも、シャワーを貸すのを許可したのはわたしだし。しょうがないか)

今もっとも困惑しているのは、明日の約束についてだ。飴屋は「見せたいものがある」と言っていたが、一体何なのだろう。

しばらく考えたが、見当もつかない。あかりは掃きだし窓を閉めると、食器の後片づけをするべく、台所に向かった。

第三章

翌日は久しぶりの曇り空だったが、湿度が高く蒸し暑かった。

全身に纏《まと》わりつくような湿気に辟易《へきえき》しつつ、ひととおりの家事を終えたあかりは、午前九時に隣家に向かう。

すると玄関の引き戸が開いていて、三和土に転がったスニーカーとサンダルが見えた。そっと中を覗《のぞ》き込んでみると、飴屋が縁台に置いたホーローの寸胴鍋の前に屈み込んでいる。

「おはようございます」

控えめに声をかけると、彼が振り向いて笑顔になった。

「おはよう、昨日はごちそうさまでした。悪いけど、この作業を先にやっちゃっていいかな」

（……作業？）

見ると飴屋の手元の寸胴鍋には上まで水が入っていて、茶褐色の物体がいくつも浮いている。

あかりが頷《うなず》くと、彼は鍋の表面に蓋をするように被せていたラップを取り除き、相当重いであろうそれを「よいしょ」と言って持ち上げた。

そして台所のコンロの上に乗せ、火を点けて強火にしたあと、こちらを見る。

「沸騰するまで、ちょっと待って」

「はい」

料理をしているわけではなさそうな彼の行動を不思議に思って眺めていると、そんな視線に気づいた飴屋が説明する。

「今作ってるのは、染液なんだ。昨日トラックで移動してきたら、荷台に盛大に零しちゃって」

「染液？」

「俺は職人だから。染色作家をやってる」

——染色作家。

聞き慣れない職業に、あかりは内心首を傾げる。飴屋が鍋を見つめながら言った。

「〝京友禅〟とか〝加賀友禅〟って聞いたことない？　友禅は布に手描きで模様を染める技法のひとつで、俺はその他にろうけつ染めもやる。まあ、使う材料やプロセスが違うだけで結局やることは同じなんだけど、要は着物とか帯に色や柄をつける仕事なんだ」

説明を聞き、ようやく仕事の内容が想像できたあかりは驚いた。飴屋の見た目はまったくそんな感じには見えず、心底意外だ。

「今煮てるのは矢車附子《やしゃぶし》っていって、わりとよく使う染液なんだ。ここに来る前に煎じたばっかりだったのに、トラックの揺れであらかた零しちゃって、昨日はちょっとショックだった。作るのに二日かかるし、いろいろと手順も面倒臭いし」

ぼやく口調で言った彼は、やがて沸騰した鍋の火加減を調節し、キッチンタイマーをセットする。

そして縁台に座っていたあかりを振り向いて微笑んだ。

「お待たせ。見せたいものは二階なんだ、上がって」

「……お邪魔します」

あかりは縁台で靴を脱ぎ、広い畳敷きの住居部分に入る。

中はまだ物が片づいておらず、ひどく雑多な印象だった。いくつもの段ボール箱や、仕事で使うらしい道具の数々が置かれた室内を通り過ぎ、廊下に出て奥の階段を上る。

二階には八畳の和室が三つあり、ひとつを飴屋の私室にするらしいことは、昨日畳を拭きながら聞いていた。

昔ながらの急な階段を上りきり、やがて襖《ふすま》を開けた部屋の中を見て、あかりは思わず目を瞠《みは》る。

「わ、すごい……」

室内には衣桁《いこう》と呼ばれる衝立状のものがいくつも置かれていて、そのうちのひとつに真っ先に目が吸い寄せられる。

淡いベージュ地にふんわりと水色をぼかし、大小の繊細な白菊の文様を配置した上品な意匠の着物は美しく、凛《りん》とした雰囲気につい見惚《みと》れてしまった。そんなあかりの横で、飴屋が説明する。

「あれは訪問着。地色は砥粉色《とのこいろ》っていうベージュで、白菊の部分は絵際を金泥で加飾してる。その隣に掛かってるのも訪問着で、唐草模様と華紋の意匠を友禅染めしてから、地色を丁子《ちょうじ》に染めてるんだ。最後の仕上げに、銀や金で箔《はく》加工を施してる」

部屋の中にあるのは、さまざまな模様の着物や帯、タペストリーなど、素晴らしい作品ばかりだ。

柄や雰囲気はさまざまだったが、繊細なそれらをすべて彼が描いたのだと聞き、あかりは驚いて飴屋を見上げた。

「えっ、本当に全部一人で描いたんですか？」

「うん。遊びで作ったのもあるけど、こういうものを展示会に出して売ったり、お客さんから注文されたものを作ったりして、生計を立ててる。ま、あんまり儲《もう》かってるとはいえないけど」

彼に「中に入って見て」と言われ、あかりは少し気後れしながら室内に足を踏み入れる。近くで見ると、その精緻な柄や鮮やかな色にますます圧倒された。

（こんなに繊細な絵を描くなんて、すごい。まるで日本画みたい）

息をひそめてひとつひとつを眺めるあかりに、彼が告げた。

「今日うちに呼んだのは、この部屋にあるものの中から奈良原さんに何かひとつプレゼントしたいと思ったからなんだ」

「えっ？」

あかりが驚いて問い返すと、飴屋が笑って言った。

「お礼がしたいって言っただろ。好みに合うかどうかわかんないけど、どれでも好きなのを持ってっていいよ。何なら訪問着にする？」

「ま、待って。こんなのいただけません」

あかりは焦って首を振った。

「だってこれ、全部すごく高価なものでしょう？　展示会で売るならなおさら、わたしなんかがいただくのは」

「いや、全然いいよ。また作ればいいんだし」

あっさりそう言った彼が、部屋の中のものをひとつひとつどういう品なのか説明する。

話を聞くうち、あかりはふとひとつのタペストリーに目を奪われた。薄いオレンジ色の地色に鮮やかな赤い実をつけた山帰来が描かれたもので、しなやかな枝ぶりと構図の上手さが際立っている。

地の色は、どうやって染めたのかひび割れたような風合いがあり、味わい深い雰囲気を醸し出していた。

思わず見入ってしまったあかりの背後から作品を覗き込み、飴屋が説明した。

「これは深支子《こきくちなし》っていう色味を出したくて、苦労したやつだ。赤みの淡い黄橙《きだいだい》のことなんだけど、なかなか思うような色が出なくて……。実の赤さと枝を際立たせたかったから、地の色にすごくこだわったんだよな」

「すごくきれい。構図が素敵ですね」

「これにする？」

「あ、でも……こっちもきれい」

あかりはもうひとつの作品を指す。

それは生成りの生地に描かれた白く透き通った水の流れを、黒と赤の金魚が泳いでいるタペストリーだった。たなびく水草の淡い風情が繊細で美しく、見ているだけで涼しくなる。

（でも、「プレゼントする」って……）

一体これらの値段は、どのくらいなのだろう。そう思ったあかりが気後れしながら問いかけてみると、彼が笑って答えた。

「値段は物によってピンきりなんだ。気にしないで、いいと思ったものを持ってってくれていいよ。どっちにする？」

「……あの……」

どちらの品も捨てがたいが、やはり最初に見た山帰来のほうが気になる。

あかりがそう言うと、飴屋が眉を上げてつぶやいた。

「へえ、気が合うな。俺もこっちのほうが好きだ」

「あ、もし大事なものなら、別の物でも――」

「いいよ、これで。でもそっちの家のインテリアなら、額装にしたほうが合うかも。シンプルでマットな黒の額に入れたら、きっと中身も映える」

仕上がりを想像するような顔でそう言って、彼がこちらを見た。

「再来週に出掛ける用事があるから、そのときに額装してくるよ。知ってる店があって、すぐにやってもらえるし」

「そこまでしてくれなくて結構です。飴屋さんも忙しいのに」

慌てるあかりに対し、彼は事も無げに答える。

「いいんだ。いろいろ世話になってるお礼だから、遠慮なく受け取ってくれるとうれしい」

そこで階下からキッチンタイマーの音が響き、飴屋が「階下《した》に下りよう」と言って部屋を出る。

階段を下りながら、先ほど見た作品の数々を思い浮かべたあかりは感嘆のため息をついた。どれも繊細で美しい作品で、本当に驚いてしまった。背の高さに比例して手も大きい彼があれほど細かい仕事をするのかと思うと、今でも何だか信じられない。

（それに……）

山帰来のタペストリーはひときわ目を引く作品だったが、あんなにきれいなものをもらっていいのだろうか。

階段を下り、一階の土間に戻った飴屋が、コンロの火を止めた。独特の臭いとこもった熱気で土間はかなり蒸し暑く、玄関の引き戸を開け放しているのはこのためだったのかと、あかりは心の中で納得する。

彼いわく、このあとは鍋の中身を一度室温まで冷まし、また三時間ほど煮ながらアクを取って煮詰めていくという。そして水で濃度を調整し、ザルで漉《こ》して染材と液とを分けるらしい。

「それから目の細かいキッチンペーパーを重ねて漉して、一日置く。最後にもう一回漉して防腐剤を入れて、ようやく完成なんだ」

「……すごい手間ですね」

「うん。染料はこれだけじゃなくて、ログウッド、楊梅皮《ようばいひ》、蘇木《そぼく》、コチニール……使いたい色によって染液もその都度必要だから、結構大変だよ」

話を聞いたあかりは、染色家とは本当に手間のかかる仕事なのだと感心してしまう。

台所の横にある貯蔵庫らしきスペースには、染料や薬剤を並べるための棚を置いたらしい。「この家は古いが使い勝手だけはいい」と語る飴屋に、あかりは問いかけた。

「お風呂とトイレ以外は、ですよね」

「うん。風呂とトイレはな……結局、開かずの間にしたから」

ぼやく口調がおかしくて、あかりは思わず噴き出す。

少しずつ打ち解けてきて、気がつけば気軽に彼と話ができる雰囲気になっていた。ふと壁に掛けられた時計が目に入り、思いのほか長い時間が過ぎていたのに気づいたあかりは、飴屋に向かって言う。

「すっかりお邪魔してしまって、ごめんなさい。玄関の鍵は開いてるから、トイレは気軽に使ってください。庭から出入りしてもいいので」

「ありがとう。もしよかったら、暇なときにでも遊びに来てくれないかな」

「えっ？」

「作業の工程によっては、ずっと一人でやってるとかなり飽きてくるんだ。話し相手になってくれるなら、見学はいつでも大歓迎だから」

確かに彼の仕事の過程には興味があるが、傍で見ていてもいいのだろうか。

自分を見下ろす飴屋の眼差しと目が合った瞬間、ふいに心拍数が上がって、あかりは慌てて視線をそらした。誘われてうれしいと思うなんて、自分はおかしい。

（昨日まで、できるだけ関わりたくないって思ってたはずなのに……）

先ほど彼の作品を見てから自分の中に生まれた好奇心が、あかりを戸惑わせていた。飴屋の仕事や彼に関することをもっと知りたいと思うなど、自分は一体どうしてしまったのだろう。

自宅に戻ったあかりは、ダイニングの椅子に座ってぼんやりと考えた。この家に引っ越してきてから一年余り、独り暮らしを満喫し、これ以上は何もいらないと思っていた。

それなのにここにきて変化しつつある自分の生活が、そわそわと落ち着かない気持ちを掻《か》き立てている。

――この家でひっそりと、息をひそめて暮らすつもりだった。行き場のない想いを抱え、いつかくるであろう〝彼〟の終わりを、一人で受け止めるはずだった。

そう考え、ふいに胸に走った痛みをあかりはぐっと押し殺す。この期に及んでも、やはり自分はまだ〝彼〟への想いから逃れられない。いつまで経っても薄れないそれが苦しく、自分を縛る枷《かせ》のように感じてやるせなかった。

(いっそ早く……終わりがくればいいのに)

そう利己的に考える自分を、あかりは苦く笑う。

思考を一段落させて立ち上がり、仕事部屋に足を向けた。今日は空気がじっとりと湿度を孕《はら》んでいて、ひどく不快だ。

パソコンの電源を入れ、こうして仕事で紛らわそうとする自分に何ともいえない思いを噛《か》みしめながら、あかりは重いため息をついた。

＊　＊　＊

週の半ばの水曜日、天気は朝から薄曇りですっきりしない。

それなのに湿度が高く、普通にしているだけで首の辺りがじんわりと汗ばんでくる。午後一時半、飴屋の自宅の縁台に腰掛けた奈良原が、スケッチブックをめくりながら問いかけてきた。

「すごい。これ全部、自分で描いたの？」

彼女が見ているのは、飴屋がこれまで仕事用に描き溜めてきた図案だ。

描かれているものは花や草を組み合わせたもの、幾何学的な模様や車輪や小鳥など多岐に亘《わた》る。写実的なタッチで彩色したものもあれば、版画のようにしっかりとした強い線で描いたものもあり、描き方はそのときの気分によってさまざまだった。

座敷にいた飴屋は、低い机に向かいながら答えた。

「図案は作品の要で、それで良し悪しの八割が決まる。だから気になるものは、まめにスケッチするようにしてるんだ。作る物によっては図案の本を使ったり、柄が細かい場合はハンコを作ることもあるけど」

話しながら、飴屋は中心部がガラス張りになった独特の机に向かい、下からライトを当てつつ下絵を生地に写し取る。

握っているのは面相筆と呼ばれる細い筆で、先端の部分だけを使って線を描く。化学青花という青い液体を薄めたものを筆先につけ、下絵の線を生地にトレースしていくが、その線は作業の〝蒸し〟の工程で熱を加えるときれいに消える。

飴屋がそう説明すると、奈良原が感心したようにつぶやいた。

「熱で線が消えるなんて、すごく不思議。そんなものがあるんだ」

「青花は熱に弱いっていう、元々の性質を利用するんだ。昔は化学的なものじゃなく、天然の露草の汁を使ってたらしい。水で消えるから」

「その線を描いて、どうするの？」

彼女の疑問に、飴屋は作業の手を止めることなく答えた。

「この線の上から、今度はゴム糊《のり》を使って〝糸目引き〟をする。絞り袋にゴム糊を入れて、細い口金から絞り出して、青花で描いた線の上をなぞるんだ。ゴム糊じゃなく糯《もち》糊を使う人もいるけど、どっちも防染剤だっていうのは同じだ。線を引いたところが染まらず、柄の輪郭の線になる」

これは〝堰《せき》出し〟と呼ばれる技法で、線の内側に色を挿したとき、外側に色がにじむのを糸目の線が防いでくれる。

だがそのままでは表面にゴム糊を乗せただけの状態のため、生地の裏から揮発性の薬品でゴムを溶かす〝キハツ地入れ〟という工程が必要だった。

生地裏にまでゴム糊を染み込ませ、彩色の際のにじみを防ぐのが目的だが、糯糊の場合はキハツ地入れがない代わりに、水を吹きつけてすかさず電熱器で乾かすというプロセスが必要になる。

要は使う物によって、作業工程が変わってくるということだ。飴屋のそんな説明を、奈良原は真剣な眼差しで聞いていた。それをチラリと見つめ、飴屋はかすかに微笑む。

（俺の仕事にここまで興味を持ってくれるの、意外だな。最初はもっと警戒心が強い感じだったのに）

この家に引っ越してきて二週間、隣人の奈良原は飴屋の招きに応え、日中の空いた時間に作業を見学するようになっていた。

飴屋が仕事をしながら工程のひとつひとつを順を追って説明すると、彼女は真剣にそれを聞く。

興味津々なその様子は、初めに感じていた落ち着いた雰囲気とは少し違っていたものの、飴屋は見るたびに微笑ましい気持ちになった。何より敬語が取れ、自然な口調で話してくれるようになったことが、一番うれしい。

話が一段落したタイミングで、奈良原が再び手元のスケッチブックに視線を落とす。うるさく話しかけてこない距離感は、やはり彼女の中にこちらに対する遠慮があるからだろうか。

もっと話しかけてくれてもまったく構わないし、会話をしていたからといって別に仕事に支障をきたすほどでもない。だが沈黙していても特に気詰まりな感じはせず、飴屋はしばし手元の作業に集中した。

やがてどれくらいの時間が経ったのか、奈良原が問いかけてきた。

「飴屋さんが、今作ってるのは何なの？」

「名古屋帯」

名古屋帯は袋帯と違って一重太鼓にしか結べないため、どちらかというと普段着感覚で使う帯だといわれている。

訪問着ではなく、もう少しカジュアルな〝付け下げ〟と呼ばれる着物や、小紋、紬《つむぎ》に合わせることが多い帯だ。

塩瀬《しおぜ》という硬めの生地を反物の状態で少しずつ引き出しながら、飴屋は青花でしだれ柳の模様を描いている。涼やかな白地に淡い黄緑色と冴《さ》えた青の色糸目で柄を染め、夏らしい作品にする予定だった。

そこでふと思い出し、飴屋は顔を上げて言った。

「そうだ。俺、明日は一日中いないんだ」

彼女が不思議そうな顔をして、こちらを見る。飴屋は言葉を続けた。

「いろいろ忙しくて、たぶん帰ってくるのは夜になると思う。タペストリーの額装もしてくるから、楽しみにしてて」

先日「プレゼントする」と約束したタペストリーの話題が出ると、奈良原が慌てて言う。

「忙しいなら、わたしのはいつでもいいから。わざわざそのためにお店に寄るの大変じゃない？」

「出掛けるついでだから、全然問題ないよ」

筆を置き、机の前から立ち上がった飴屋は大きく伸びをした。座りっぱなしで机に屈み込む作業は、いつものことながら腰と背中にくる。

縁台に座る彼女に歩み寄った飴屋は、腕を伸ばすとその背後からスケッチブックを取り上げた。そのましゃがみ込み、パラパラとページをめくって問いかける。

「何か気になる図案とかあった？」

「どれもすごくきれいで、びっくりした。モチーフは植物だけかと思ったら、そうじゃないんだなって」

「結構デザインは自由だよ。俺は草花が好きだから、そういうのを描くことが多いけど」

飴屋は話しながら、奈良原の家の庭を思い出す。

季節の花々が咲き乱れる和風の庭は、しっとりとしていて何ともいえない風情があった。彼女の家のインテリアはシンプルモダンだが、意外によくマッチしている。飴屋は奈良原に向かって問いかけた。

「今度そっちの家の庭を、スケッチさせてもらっていいかな。いくつか気になる花があったから」

「どうぞ。いつでも好きなときに来て」

快く了承してくれる様子は、以前に比べて格段に打ち解けているように見える。飴屋は「よかった」と言って笑い、立ち上がった。

「さて、もうひと頑張りするかな」

飴屋の言葉を契機に、彼女も縁台から腰を上げて言った。

「じゃあわたしも、そろそろ行くから」

「どっか行くの？」

「いつもどおり、スーパーに買い物」

彼女は一日一回、自転車で買い物に行くのを日課にしている。玄関から出ていこうとする奈良原を、飴屋は住居スペースの縁《へり》から見送った。

「いってらっしゃい、気をつけて」

「いってきます」

＊　＊　＊

飴屋の家を出たあかりは自転車に跨《また》がり、緩い下り坂を走り出す。

今日は曇りで日が陰っているため、自転車で移動するのもそうつらくはなさそうだった。ぬるい風が肩口の髪を揺らすのを感じながら、あかりは先ほどの飴屋とのやり取りを思い出す。

彼が引っ越してきて二週間が経つが、わずかな期間で意外なほど親しくなった。自宅の風呂とトイレを貸しているせいもあるが、誘われるまま飴屋の自宅兼工房に招かれて話すうち、いつしか気安く言葉を交わす間柄になっている。

当初は今までの静かな生活が乱されるような気がして、あかりは積極的に彼と関わるのに及び腰だった。だが気づけばこんなふうに、毎日飴屋の家に顔を出すのが当たり前になっている。

（こんなに近所づきあいをするようになるだなんて、何だか不思議。あの人の性格のせい

かな)

　彼は物腰が穏やかで話し方も気さくなせいか、自然と人の警戒心を解いてしまうところがある。

　しかし先ほどのように急に近くに来たりすることがあり、あかりはしばしば飴屋との距離感に悩んでいた。ついドキリとして身をすくませるものの、彼は至って普通の態度で、意識しすぎる自分にいたたまれなさをおぼえる。

(馬鹿みたい。……あんな程度で、いちいち気にするなんて)

　飴屋と何気ない会話をすることは、これまで静かな生活をしてきたあかりにとってとても新鮮だった。

　彼は現在二十八歳で、芸術大学の工芸科を出たあと四年間染色工房で働き、二年前に独立したのだという。美術工芸の展覧会や公募展などに出品したり、合同展示会や個展などを開催することで少しずつ指名のオーダーが増えてきたといい、オーダーがなくても常に何らかの作品を制作しているらしい。

　とはいえコンスタントに注文が入るわけではなく、資金繰りはなかなか厳しいと話していた。ときには日雇いのアルバイトをすることもあるのだと聞き、つくづく大変な職業なのだと感じる。

(家を買ったせいで、貯金がなくなったって言ってたっけ。職人さんって普通の勤め人より、きっといろいろ大変なんだろうな)

ふいに強い横風が吹き抜け、あかりは青々とした水田を見やる。

空は次第に重さを増し、遠くの民家と防風林の辺りに黒っぽい雲が見えた。湿度のある空気が肌にベタベタと纏わりつき、じんわりと不快さが増す。

（……雨が降るのかな……）

ここ最近は暑い日が長く続き、まとまった雨はほとんどなかった。ならば本格的に降り出す前に、さっさと買い物を済ませてしまわなければならない。

そう考えたあかりは、自転車のハンドルを強く握る。そしてペダルを踏む足にぐっと力を込めた。

＊

夢を見ているときはいつも音がなく、ぼんやりと周囲が薄明るい。

必死に何かを探している自分に気づき、あかりは自分が夢を見ているのだとわかった。

（ああ……わたし、また……）

一定の周期で、繰り返し見ている夢だ。

真っ白な空間には何もなく、方向も感覚も曖昧な中、あかりは周囲を見回しながら〝彼〟の名を呼ぶ。

（笹井《ささい》さん……）

呼んでも応えはなく、しばらく当てもなく歩き続けるうち、じわじわと不安が募ってくる。

その人物を捜し回りながら、あかりはこの夢の結末を知っていた。——どれだけ捜しても、〝彼〟はいない。これまで何度となく同じ夢を見てきたが、その姿を見つけられたことは一度もなかった。

（——笹井さん）

（——待って。置いていかないで……！）

ふいに足元が崩れるような感覚に恐怖をおぼえ、あかりは足を止めてその場に立ち尽くす。

〝彼〟はどこにもいない。とうの昔に自分の元から去っていき、今はもう傍にはいない存在だったが、あかりが恐れているのはそういうことではなかった。もっと根源的などうしようもない恐れにかられて、そこから一歩も動けなくなる。

（ひょっとしてもう、……永遠にいなくなってしまった？）

自分が気づかないあいだに、〝彼〟は本当にいなくなってしまったのだろうか。

その瞬間、心を占めたのは猛烈な喪失感だった。胸の痛みに耐えかねて顔を歪《ゆが》めたあかりは、真っ白な世界にしゃがみ込んで声を押し殺して泣いた。

＊

「……っ！」

ハッとしてあかりが目覚めたとき、部屋の中は薄暗かった。

窓の外では、雨が降る音がしている。時計を見るとまだ午前五時で、首筋にびっしょりと汗をかいていた。

ベッドを出て窓辺に向かい、カーテンを開けると、鈍色の空から静かに雨が降っている。昨日の夕方から降り出した雨は夜のあいだも降り続き、外はけぶるような暗い色味を帯びていた。

ふと自分の手が震えていることに気づき、胸元で強く握り込む。夢見は最悪で、動悸《どうき》が治まらない心臓は鈍い痛みを伴い、呼吸も安定しなかった。

あかりは目を閉じ、じっと夢の残像が薄れるのを待つ。しかしいつもなら起き抜けからどんどん記憶がなくなっていくはずなのに、今日に限って一向にそんな気配はない。

（ああ……駄目だ）

月に一度ほど、こういうときがある。心に抱える不安が一気に決壊したかのように夢に出て、こんな日はあかりは一日中不安定になっていた。

雨の音は、普段なるべく意識しないように努めている憂鬱な気持ちを掻き立てる。薄明るい外を見つめてしばらくぼんやりとしたあかりは、やがてシャワーを浴びて身支度を始めた。

そしていつもの倍ほどの時間をかけて気怠く家の中の掃除をし、〝雨だから〟という理由で玄関の掃除をさぼる。

日中のあいだはずっとソファに転がって、結局何もしなかった。料理も一切せず、朝はコーヒー、昼はカップラーメンだけで適当に済ませる。

テレビのリモコンを片手に、あかりは寝転がったまま気もそぞろに画面を眺めた。雨がまだ降り続いているせいか、外はいつものぎらついた夏の雰囲気とはまったく違う薄暗さになっており、ますます気が滅入っていく。

静かな時間が過ぎた午後三時頃、あかりはふと隣人の飴屋が留守にしているのを思い出した。

(そっか。……だから静かだったんだ)

誰にも会わずに一日が終わることは、以前は普通にあった。

しかし最近はそちらのほうが珍しく、いつしか飴屋と顔を合わせて会話するのが当たり前になっている。

(でも今日は、会わなくてよかったな。こんな気分じゃ、彼に会っても普通の顔ができなかったかもしれないし)

そう考え、あかりは苦く笑う。

夕方になっても何もする気は起きず、少し仕事をしたあとワインを開けた。普段なら何かつまみを作るところだが、今日は面倒でナッツやチーズ、いかの燻製《くんせい》など、適当な乾き物で済ませる。

暗いリビングでキャンドルに火を灯したあかりは、揺らめく炎をぼんやりと見つめた。抑えた音量でジャズのアルバムを聴きながら飲んでいると、あっという間にロゼが一本開いてしまい、さほど高価ではない赤ワインの栓を抜く。

ソファの上で膝を抱え、ほんのりとした酔いを感じながら、じっと考えた。夢でこれほどまでに憂鬱になるなんて、我ながらどうかしている。四年も前に終わった相手をいまだに引きずっているなど、恥ずかしくて誰にも言えない。

笹井英司《えいじ》は、あかりが為替ディーラーとして働いていた二十九歳のときにつきあっていた男だった。〝つきあっていた〟といっても、実質は一ヵ月ほどだ。その前に何年にも亘る長い片想いの時期があり、決死の覚悟で想いを伝えて、ほんのわずかな期間交際した相手だった。

十八歳年上の上司には妻子がおり、こちらの熱意に押しきられるような形でつきあってくれたものの、やはり家族は捨てられず早々に別れを告げてきた。

当然だ――とあかりは思う。日本に家族を残して遠く離れたロンドンにいたとはいえ、彼は妻を裏切って平気な男ではなかった。

「すまない」と何度も謝られたあかりは、逆に惨めな気持ちになった。笹井がそんな性格だとわかっていたのに、好きな気持ちを抑えられず、手を伸ばさずにはいられなかった。

彼の家族に申し訳ないと思いつつも、それでもどうしても彼を手に入れたかった過去の利己的な自分を、あかりは強く恥じる。

　成就したかと思っていた恋はあっという間に終わりを告げ、失意のあかりは逃げるように同業他社に転職して引き続きキャリアを積んだ。

　いつしか数年が経ち、ロンドンで仕事に没頭する日々が続いた頃、突然旧友からある話を聞いた。

「笹井が病気のため、会社を退職した」「病名は癌《がん》だ」——それを聞いたあかりは、目の前が真っ暗になった。

　その頃には笹井と別れて既に三年ほど経っていて、そのあいだ数人の男性とつきあい、彼のことはとっくに忘れたと思っていた。それなのに笹井が病気で、しかも完治の見込みはないらしいと聞いたとき、あかりの胸に湧き起こったのは言い知れぬ絶望だった。

（笹井さんが死ぬ？　彼がいなくなる——この世から、永遠に）

　そのときの気持ちは、言葉では到底言い表せない。わかったのは、自分は笹井をまったく思いきれてはいなかったという苦い事実だ。

　病気の話を聞いた途端、それまで心の底に押し込めていた気持ちが一気に噴き出したような気がした。もう二度と恋人に戻れなくても、直接会うことができなくても、顔を思い出すだけで募る恋しさをあかりは消すことができない。

　苦しくていっそ忘れてしまいたいと願うのに、「もう関係ない」と思いきることが、どうしてもできなかった。

彼が死ぬかもしれないから、余計にそう思うのだろうか。それとももう会えないからこそ、恋しいのだろうか。そう考え、あかりはやるせなくうつむいた。

（馬鹿みたい……）

とっくに終わった相手を、ましてや余命幾ばくもない相手を想うなんて、あまりにも不毛すぎる。

自分が抱える気持ちは、伝える当てのない想いだ。笹井にしてみれば、別れた女がいまだに自分のことを想っているなど、迷惑以外の何ものでもないだろう。

あかりは手の中のワイングラスを揺らし、彼の顔を懐かしく思い浮かべる。業界では名の知れた有名人だったにもかかわらず、笹井は決して驕《おご》らず部下に対して声を荒げたりもしなかった。

入社してすぐ彼の部署に配属されたあかりは、根気強く仕事を教えられた。同期の人間が何人も脱落していく中、必死に食らいついて結果を出し、数年が経つ頃には〝笹井の直弟子〟として周囲から一目置かれるようになっていた。

そしてその頃には、あかりはすっかり笹井を好きになっていた。笑ったときに出る目尻の皺《しわ》や穏やかな話し方、仕事に対する姿勢も、すべてが心をざわめかせてやまない。他の異性にはまったく目が行かず、気づけば数年間彼への想いを募らせていた。

あかりが必死に結果を出したのは、ひとえに笹井に認められたかったからだ。「奈良原はすごいな、天性の勘がある」――彼はときおりそう言って褒めたが、天性のものなど何もなく、あかりはただ笹井に褒められたいだけだった。

彼にとってみればあかりは出来のいい部下で、十八も年下の小娘という認識だったに違いない。

それを強引に、力業で押しきった。笹井がロンドン支社に赴任したとき、あかりも異動願いを出して彼について行き、そこで「ずっと好きだった」と告白した。ロンドンにいるあいだだけでいい、自分を恋人にしてほしい——そう言ったあかりを笹井は最初拒んだものの、結局絆《ほだ》される形でつきあってくれた。

恋愛関係だったわずか一ヵ月のあいだ、彼がずっと思い悩んでいたのをあかりは知っている。二人きりで会っていても、いつも笹井は浮かない表情だった。そして最後まで妻や子に対する罪悪感を捨てられなかった。

『すまない。今こんなふうに謝るくらいなら、最初から君の気持ちを受け入れるべきじゃなかった。でも、やっぱり駄目なんだ。僕は家族を……捨てられない』

そう言って頭を下げたときの彼の表情が本当につらそうで、あかりは何も言うことができなかった。

「恨んでくれていい」とも言われたが、そんな気持ちは微塵《みじん》もなかった。むしろ笹井の家族に謝るべきなのはこちらのほうで、彼が長く葛藤して出した結論が別れなのだと理解していた。

（……ごめんなさい）

浅はかな気持ちで、既婚者である笹井に手を伸ばした——今もあかりの胸には、そんな後悔が燻《くすぶ》っている。

決して苦しめたかったわけではないのに、自分の行動は彼に多大な迷惑をかけただけだった。そしてそんな人間が今も笹井を忘れないでいるのは、たぶん本当におこがましいことだろうとあかりは考える。

彼が癌だと知ったあと、一気に何もかもが虚しくなったあかりは会社を辞めた。キャリアを惜しまれてさんざん慰留され、年俸のベースアップを打診された上に他社からの誘いもあったが、結局そのすべてを断った。

笹井に褒められたい一心で仕事を覚え、順調にキャリアを重ねていたが、彼が業界を去った途端にすべてが何の価値もないように色褪《いろあ》せてしまったからだ。

元々メンタル的に大変な職場だったため、辞めるのは時間の問題だったというのも理由としてある。仕事がきついぶん報酬は多く、結果を出せば出すほど年俸が上がっていて、あかりには同じ年代の女性に比べてはるかに多い稼ぎがあった。

仕事を失くしても食うに困らないくらいの貯蓄があったため、辞めるのにまったく躊躇《ちゅうちょ》がなかったといえる。

会社を辞めて、どこか静かなところで暮らそう——そう決意したあかりは、帰国してすぐインターネットで見つけた古い一軒家を買い、自分の好きなようにリノベーションした。

今はかつての仕事の伝手できた依頼を受け、ウェブサイトのコラムを二本と雑誌の連載を一本書くのを仕事にしている。

もちろんそれだけでは少なすぎるため、為替のマーケットを見て日々の生活に足りる程度を稼いでいた。為替ディーラーとして仕事をしていた頃に比べれば動かしている金など微々たるものだが、欲張らずにちまちま稼ぐのはストレスもなく性に合っている。

しかしそんな緩やかな田舎暮らしの裏側で、あかりは〝いつ笹井が死ぬのか〟という不安に怯《おび》え続けていた。彼と別れて数年が経つ自分にはもう関係のないことであるはずなのに、いつ共通の知人から彼の訃報が入るのかと考えると怖くなる。

笹井の病気を知って以来、あかりはすっかり夢見が悪くなった。頻繁に不穏な夢を見て、ときおりこんなひどい鬱になる。

傍から見た自分は、いつまでも終わった恋を引きずっている痛い女にしか見えないだろう。そう考え、あかりは苦く微笑んだ。

ようやく雨は小降りになったらしく、窓には細かい水滴がついている。都会の喧騒《けんそう》から離れたこの辺りは、日が暮れるとことさら静かだ。こんな夜、あかりはいつも考える。もし本当に笹井が死んでしまったら、自分は一体どうなってしまうのだろう。

（今でもこんなに、不安定なのに……）

そのときふいに、リビングのガラスをコンコンと叩《たた》く音が響いた。

弾かれたように顔を上げたあかりは、カーテンの隙間から覗く黒い影を見てドキリとする。

ソファから立ち上がり、カーテンの隙間から外の様子を窺う。そこに見知った顔を見つけ、あかりは掃きだし窓を開けながらつぶやいた。

「……飴屋さん」

「ごめん。そんなに遅い時間じゃないのに電気が消えてるから、具合でも悪いのかと思って」

彼に大丈夫かと聞かれ、あかりは曖昧に頷く。

すると飴屋がホッとしたように微笑み、小脇に抱えていた大きな額を見せながら言った。

「タペストリー、額装したから持ってきたんだ。今ちょっといいかな」

第四章

飴屋から渡された包みを開け、中身を見たあかりは、思わず目を瞠《みは》る。

「わ、すごい……」

黒のマットな質感の額の中に納められたタペストリーは、深支子《こきくちなし》という淡いオレンジの地色に優美で繊細な枝振りの山帰来の赤い実が映え、さながら一枚の絵画のように見えた。

あかりは感嘆しながらつぶやいた。

「すごく素敵。こうやって額に入れると、裸の状態と全然違う」

「やっぱり黒の額だと映えるよな。この家の床材がダークカラーだから、インテリアも邪魔しないし」

そう言って飴屋は、額を横向きにリビングの壁際にもたせかける。

するとそのコーナーが一気に洗練された雰囲気になり、心底感心してしまった。あかりは顔を上げ、彼に向かって問いかけた。

「これ、本当にもらってもいいの？」

「もちろん。そのために額装してきたんだから、受け取ってくれないと無駄足になる」

あかりは改めて額を見つめる。

好きなものだけを厳選したはずのリビングの中で、額は以前からあったもののようにしっくりと馴染《なじ》んでいた。派手さはないのについ目が行ってしまう存在感があるが、いい意味でインテリアのアクセントになっている。

あかりは飴屋に向かって微笑んだ。

「ありがとう。こんなに立派なものをいただいちゃって、かえってごめんなさい」

「全然。こちらこそ、さんざん世話になってるんだから。現在進行形で」

顔を見合わせ、同時に笑う。自分が笑えたことに、あかりは心のどこかでホッとしていた。

どうやら彼は、今帰って来たらしい。時刻は午後八時半で、朝からいなかったのだから、ずいぶん長いあいだ出掛けていたことになる。

あかりがそう口にすると、飴屋が頷《うなず》いて答えた。

「今日は合同展示会の打ち合わせをしたり、湯のしの加工所に浴衣を持ち込んだり、知り合いの工房に顔を出したり、いろいろやってたんだ。ついでに実家にも寄ってたら何だかんだで一日がかりになって、今帰ってきたところ」

「ふうん」

どうやら飴屋は、着物だけではなく浴衣も作るらしい。

一体どんな感じになるのか想像してみたものの、まったく見当がつかない。そんなあかりに、彼が言った。

「早く額を渡したくて、こんな時間に来ちゃってごめん。電気が消えてるから出掛けてるのかと思ったんだけど、外に車はあるし、もしかしたら具合でも悪いのかと思って」

窓をノックしてみて応答がなければ、飴屋はそのまま帰るつもりだったという。あかりは笑って答えた。

「心配してくれてありがとう。でも、ただ飲んでただけだから」

テーブルの上にある乾きもののつまみと空のワインボトルが、何だか恥ずかしい。するとそれをチラリと見た彼が、「へえ、だからか」と言った。

「えっ？」

「何だかいつもと、雰囲気が違う」

それはあかりが、酩酊《めいてい》しているせいかもしれない。

自分ではしっかり受け答えしているつもりでいるものの、酔いが顔に出ている可能性も充分考えられる。

そう考えるとにわかに恥ずかしさが募り、あかりはむきになって言い訳した。

「今日はたまたまなの。普段はたいした量を飲まないし、せいぜいワインを一、二杯くらいだから」

今日は珍しく、飲みすぎただけだ。するとそれを聞いた彼が、笑って問いかけてきた。

「飲みたくなるようなこと、何かあった？」

「な、何もないけど……。別にいいでしょ、独り暮らしなんだから、気の向くまま好きなことをしたって」

歯切れ悪く答えながら、あかりはふと〝三十四歳で家を買った、彼氏がいないお一人さま〟は、世間から見てどうなのかと考える。

この集落は年寄りが多く、老人たちは若い人に会うたびに配偶者の有無や結婚の予定を聞いてくる。「一軒家を買って一人で暮らしている」と言うと、皆一様に気の毒そうな顔をしたあと、自分の知り合いや親戚縁者を紹介しようとするのがいつものパターンだ。

やはり傍から見ると残念なイメージしかないのだろうと考え、あかりは苦く笑う。そこでふと、目の前の飴屋にもそう思われているのかもしれないと唐突に気づいた。

（〝訳ありで一人でいる〟って思われてるのかな。……実際そうだけど）

事実なため、取り繕ったり言い訳するつもりはない。

自分がなぜこんなところで独り暮らしをしているのか、あかりは本当の理由を誰にも話す気はなかった。四年も前に終わった相手のことをいまだに忘れられないなどと知られれば、きっととんでもなく重い女だと思われるに違いない。

「ところで奈良原さん、どんな仕事をしてんの？」

ふいに飴屋に問いかけられ、あかりは眉を上げる。

確かにいつも家にいるため、どうやって生計を立てているのかが不思議なのだろう。そう考えつつ、さらりと答えた。

「欧州のファンダメンタルズに関する、コラムを書く仕事」

「へっ？」

「欧州各国のマクロ経済――ときにはアメリカの経済成長率、物価上昇率、国際収支なんかの指標結果が、いかに為替市場に影響を及ぼすかについて書いてる」

驚いたように口をつぐむ彼を見て、あかりは笑って言った。

「だから在宅ワークで、外では働いてないの。でも、ちゃんと収入はあるから」

普段は仕事の内容を聞かれても、ここまで詳しくは答えない。

いつになく口が軽いのは、きっとワインに酔っているからだ。すると飴屋が、首を傾げて言った。

「要するに、経済関係？」

「興味のない人には、あまりピンとこないかも。飴屋さんは大学で経済とか勉強しなかった？」

あかりの問いかけに、彼があっけらかんと答えた。

「大学の頃は作品の制作に明け暮れてて、かろうじて進級したくらいなんだ。もしかすると授業で多少やったかもしれないけど、全然覚えてない」

「でもそうやって一生懸命制作に打ち込んで、今は自分の作った作品を販売して生計を立ててる。飴屋さんは簡単そうに言うけど、それってすごいことだと思う」

飴屋の家で見せてもらった作品の数々を思い浮かべながら、あかりは言葉を続けた。

「着物も帯も、それにさっきもらったタペストリーもあまりにもきれいで、初めて見たときはすごくびっくりした。どれも本当に繊細で……あそこまで細かく丁寧なものを一人で作り上げられる技術や感性って、やっぱり普通の人とは違うなって思う」

彼が経済の分野に疎いのと同じように、あかりは芸術のことはまったくわからない。だからこそ、自分にはない才能で物を作る飴屋を心から尊敬する。

ふと視線を感じて顔を上げると、こちらをじっと見つめる彼の眼差しに合った。不思議に思って見つめ返すあかりに、彼がポツリと言う。

「……そういう顔でそういうことを言うのは、反則だと思う」

「えっ、どんな?」

飴屋が複雑な表情で小さく息をつき、おもむろに立ち上がる。

それを見たあかりは、自分が言ったことが、何か彼の気に障る内容だったのかと戸惑いをおぼえた。ただ作品を褒めただけだが、もしその内容が見当違いで失礼だったのなら、飴屋に謝らなくてはならない。

するとそんなこちらを見下ろし、彼が思わぬことを言った。

「このまま薄暗い中に二人っきりでいたら、襲っちゃいそうだから帰るよ」

「な、何言って……」

あかりは笑おうとして、少し失敗した。

キャンドルが揺らめく薄暗いリビングの中、彼の言うように〝二人っきり〟なのだと、唐突に意識する。ぎこちなく視線を泳がせると、飴屋が追い打ちをかけるようにあっさりと付け足した。

「別に、冗談じゃないけど」

「……っ」

向けられる眼差しと言葉に、じわじわと頬が赤らむ。

動揺して何も言えないあかりをよそに、本当に帰るつもりらしい彼は先ほど入ってきた掃きだし窓に向かった。

あかりは急いで立ち上がり、飴屋のあとを追う。彼が掃きだし窓を開けると、外は既に雨が上がっていた。湿った匂いがする風がかすかに吹き抜け、靴を履いた飴屋が振り向いて言う。

「じゃあ、俺はこれで。遅い時間に来てごめん」

「あ、ううん。わざわざありがとう」

確かにこの時間の訪問には驚いたが、わざわざ額装したタペストリーを持ってきてくれたのだから、感謝しかない。

そんなあかりを見下ろし、彼が微笑んで告げた。

「おやすみ」

「……おやすみなさい」

帰っていく飴屋の背中を、あかりは黙って見送る。

庭のどこかから虫の鳴き声が聞こえているものの、それ以外は何の音もなく辺りは静かだった。湿り気のある夜の気配を肌で感じながら、あかりは先ほどの彼の言葉を反芻《はんすう》する。

（「襲っちゃいそうだから帰る」って……あんなこと言うなんて一体どういうつもりだろ。もしかして、わたしをからかってる？）

飴屋は「別に冗談じゃない」と言っていたが、そんな思わせぶりな発言をする真意は一体何なのか。

そう考え、にわかに落ち着かない気持ちになりながら、あかりは目を伏せる。――飴屋の言葉を聞いたとき、一瞬それでもいいと考えてしまった。自分に向けられる彼の視線に、心のどこかが揺り動かされた気がした。

だがわずかに揺らいだ気持ちを、理性がすぐに打ち消す。たとえ笹井への想いを忘れさせてくれる何かが欲しくても、それに彼を利用するわけにはいかない。この先も隣同士で暮らすのだから、当たらず触らずの距離を維持するべきだ。

（でも――）

彼の言葉で動揺している自分に、あかりは困惑していた。

あんな戯言のような一言を真に受けて、気にしている自分が馬鹿馬鹿しくてならない。もしかすると仕事を辞めてから意識して世間と距離を取っていたせいで、こんなふうに些《さ》細《さい》な一言を気にするようになってしまったのだろうか。

灰色の雲間から歪《いびつ》に欠けた月が現れて、辺りをぼんやりと照らしていた。今日の自分は、本当に不安定だ――揺れる気持ちをそんなふうに結論づけ、あかりはしばらくそのまま掃きだし窓のところに佇《たたず》み、かすかな夜風に吹かれていた。

＊＊＊

自宅に戻り、玄関の鍵を開けて電気を点ける。

真っ暗だった室内がパッと明るくなり、古い畳の匂いが鼻先をかすめた。戸口を開け放し、一旦車に戻った飴屋は、後部座席から降ろした荷物を縁台に運んで一息ついた。

（一日中外に出てたら、やっぱ疲れるな。今日は特に行くところが多かったし）

普段は家にこもりがちなため、往復四時間の車の運転はやはりきつい。

今日は再来月に開催予定の合同展示会の打ち合わせのため、朝から政令指定都市のギャラリーを訪れていた。親交のある作家五人と共同開催するもので、自分とはジャンルが異なる職人から話を聞くことができ、いい気分転換になった。

その後は受注品である浴衣を、湯のしの加工所に持ち込んだ。〝湯のし〟とは染色や加飾をした際に何度か水洗いして縮んだり、皺《しわ》ができたりした反物を蒸気でまっすぐに伸ばす仕上げの工程だ。飴屋の自宅の近隣にはそれができる加工所がなく、郵送で依頼するか遠くても政令指定都市まで行って自分で持ち込むしかない。

馴染みの加工所に預けた反物が仕上がるまでのあいだ、飴屋は友人の工房に顔を出したり、仕事道具の専門店に赴いたり、タペストリーを額装しに額縁店にも立ち寄ったりと、忙しく動いた。

そのあとで実家に向かい、夕食がてら風呂まで借りると、すっかり帰りが遅くなってしまった。こちらに到着したのは午後八時過ぎで、自宅敷地内に車を停めた飴屋が向かったのは隣の奈良原の家だ。

翌日まで待たずに帰ってきた足で彼女に会いに行ったのは、一刻も早く額を渡したかったからだった。

だがいつもなら電気が点いているはずの時間帯にもかかわらず、奈良原の家は暗かった。外の定位置には彼女の軽自動車が停まっており、自転車も戸口の横にある。就寝するにはあまりにも早すぎ、もしかしたら具合が悪くて寝込んでいるのかもしれないと考えた飴屋は、にわかに心配になった。

しかしそれは杞憂《きゆう》にすぎず、奈良原は電気を点けずに酒を飲んでいただけだという。キャンドルを灯し、抑えた音量でジャズを聴きながらの一人酒は優雅なものだったが、飴屋は窓を開けて出てきたときの彼女の様子が気になっていた。

(何かいつもと、雰囲気が違う……?)

今日の奈良原はどことなく沈んだ様子で、わずかに隙があった。

普段の彼女は、日々の生活を愉しむ余裕がにじみ出ている。家をきれいに片づけ、庭の手入れを怠らず、料理をきちんと丁寧に作る——そんなふうに自分の暮らしのスタイルを確立しているのを見るにつけ、飴屋はいつも感心していた。

しかし今夜の奈良原は、どこか不安定な感じに見えた。飴屋が遠回しに指摘すると彼女はばつが悪そうにし、「酒を飲んでいたせいだ」と言い訳していた。

（俺としては、素の顔を見せてくれるほうがうれしいけどな。普段のちょっと構えた感じより、全然いい）

この地に引っ越してきて以来、飴屋は隣人である奈良原と言葉を交わすのを楽しみにしていた。

彼女は困っていた飴屋に自宅のトイレと風呂を貸してくれるほど面倒見がよく、その物腰には大人の女性らしい落ち着きがある。発する言葉はいつも明瞭で、言葉の端々から頭の良さがにじみ出ていた。

だが毎日顔を合わせるうち、飴屋は奈良原がこちらと一定の距離を置こうとしているのに気づいた。如才なくにこやかに振る舞いながらも、彼女からはときおり見えない壁のようなものを感じる。

だからこそ、今日の隙のある奈良原の姿が新鮮だった。無防備に気配を緩め、ふんわり笑いながら自分の仕事を褒めてきたとき、飴屋はどんな反応をするべきか迷った。

語られた言葉からは彼女が心からそう思っていることが伝わってきて、そんな奈良原を前に、飴屋は何ともいえない気持ちを持て余していた。

（でも、だからってあの発言はちょっと問題だったかな）

彼女の顔を見ているうち、飴屋はつい「このまま薄暗い中に二人っきりでいたら、襲ってしまいそうだから帰る」と、思わせぶりなことを言ってしまった。

発言に嘘《うそ》は、まったくない。無防備な奈良原には気怠げな色気があって、薄闇の中であれ以上二人きりでいたら本当におかしな考えを起こしてしまいそうだった。

正直なところ、飴屋は彼女に対して好意を抱いている自覚がある。初めて会ったとき、彼女は自宅の前で熱中症で行き倒れた飴屋を放置せず親身になって介抱してくれた。おまけに手料理まで振る舞い、引っ越してきた今は風呂とトイレまで貸してくれている。

奈良原は時間が空いたときにこちらの仕事の様子を覗《のぞ》きにくるが、彼女の気配は飴屋にとってまったく邪魔にならない。勝手に家のものに触れたり、過剰に話しかけて作業の邪魔をしたりはせず、適度な距離感を保っている。

そんな奈良原は、気がつくと飴屋の手元をキラキラした目で見つめているときがあって、少し子どもっぽいその表情が可愛らしかった。

そうした内面的な部分はもちろんだが、きれいに整った顔や華奢《きゃしゃ》な体型、手入れの行き届いたサラサラの髪と爪、傍に行くと仄かに香る花の匂いも、清潔感があって好ましい。

（俺、全然惚《ほ》れっぽくなかったはずなんだけどな……）

むしろ自分は、恋愛面は淡泊なほうだ。

これまで数人の女性とつきあったことがあるが、学生時代から作品制作にのめり込み、交際相手が二の次になることが多かった。社会人になってからはますますそれに拍車がかかり、ここ二年ほどは誰ともつきあっていない。

奈良原についても、初めはただいい人だと思っただけだった。それが言葉を交わすうちに徐々に好感が高まっていき、だからこそ先ほどは思わせぶりなことを言ってしまったのかもしれない。

(今思うと、あの発言はやっぱりまずかったかも。あー、後になってこんなことを考えても、仕方ないのに)

飴屋の言葉を聞いた瞬間、彼女は目に見えて動揺していた。

思い返せばかなりきわどい発言で、〝隣人〟の範囲を逸脱していたと感じる。そんな自分を、奈良原は一体どう思っているのだろう。急に降って湧いた厄介な隣人か、それとも意外に気軽に話せる年下の男か。

六歳の年齢差を、飴屋はほとんど感じていない。だが彼女にとってはまったくの対象外であるかもしれず、今の段階では判断が難しい。

(……どっちだろうな)

小さく笑った飴屋は縁台で靴を脱ぎ、住居部分に上がると、作業場の平机の前に座る。

今日は一日外出していたため、仕事の進捗が滞っている状態だ。まさに貧乏暇なしだと考えつつ、飴屋はやりかけの作業を進めるべく、手元のライトを点けた。

＊　＊　＊

今年は平年に比べて気温が高い日が続いているせいか、庭の植栽が旺盛に茂っている。今日はよく晴れていて、朝からうるさいほど響く蟬《せみ》の声が暑さを助長しているのを感じつつ、あかりは庭に出て植栽を眺めた。

特にひどいのは、雪柳だ。春の早い時期に花をつけるこの植物は、他の花々が咲き出す頃にはもう葉を生い茂らせていて、夏の盛りの生長が著しい。

放っておけばどこまでも茂ってしまうため、バッサリ切らなくてはと考えて庭に出たあかりは、新芽のあたりに大量のアブラムシと蟻《あり》がついているのを見つけてげんなりした。

（えっと、アブラムシにはどれだっけ……。あ、これだ）

物置を開けて庭道具の中から薬剤を探し出したあかりは、それを水で希釈して霧吹きで散布する。

ついでに虫がつきそうな他の植物にも振りまいて周囲をじっくり観察すると、ハマキムシがついた葉を発見した。一瞬顔をしかめながらも、あかりは軍手を嵌《は》めた手で葉をむしり取り、それを駆除する。

一息つき、庭の真ん中に立ってジリジリと照りつける太陽を見上げた。北国であるにもかかわらず、今年は本当に早い時期から暑い。

今日の予想最高気温はまたもや三十度超えで、午前でこれほど気温が高いなら午後はもっと暑くなるのだろう。そう思うと既に夏バテ気味の身体が、より疲労感が増す気がした。

　ふと思いつき、あかりはポンプで冷たい井戸水を汲《く》み上げて、いつも庭に置きっ放しの銀の大盥《おおだらい》に入れる。

　掃きだし窓に座って素足を盥の水につけると、水の冷たさで暑さが幾分和らいだ。背後から扇風機の風を浴びながら、あかりは足先で水を跳ね上げる。

　するとかすかに吹き抜けた風が青モミジの葉を落とし、ひらひらと一枚水面に落ちた。

（あ、素敵……）

　立ち上がり、木から何枚かの葉を摘んで水に浮かべると、目に涼しい。

　床に後ろ手をついて水の中で足を泳がせながら、あかりはぼんやりと庭を眺めた。そうするうちに昨夜の飴屋とのやり取りが脳裏によみがえり、複雑な気持ちがこみ上げる。

（どうしよう。認めたくないけど、わたし、あの人を意識してる）

　飴屋が隣に引っ越してきて以来、毎日彼と顔を合わせるようになり、いつしか会話をするのが当たり前になった。

　気づけば少しずつ飴屋に対する興味が増して、今は普通の隣人に向ける以上の関心を抱いている。そんな自分の気持ちに、あかりは戸惑っていた。

（でも、それってどうなんだろう。飴屋さんはお隣さんで、しかもわたしはまだ笹井さんを忘れられていないのに）

　笹井とはとっくの昔に終わっているため、あかりは対外的にはフリーだ。

誰と恋愛しても構わないはずだが、それでもどこかに躊躇《ためら》いがあるのは、自分の心がまだ笹井のほうを向いているという事実を否定できないからかもしれない。

自分は恋愛をする資格がない人間だと、あかりは漠然と考えていた。これから先もずっと一人でいるつもりで、それでまったく構わないと思っていた。

それなのに飴屋が引っ越してきた途端、彼に興味を持ってしまう自分が節操がないように感じて仕方がない。

(今まで一人だったところに、急に引っ越してきたから？　それで意識してるだけなのかな)

最初はあんなにも抵抗があったはずなのに、日が経つにつれて飴屋と打ち解けて仕事を見せてもらうのが楽しみになり、気づけば意外なほど彼の近くに踏み込んでしまっている。

これまでのあかりは集落の外れに住んでいるという地理的なこともあり、誰とも話さずに一日を過ごす日がよくあった。

しかし飴屋が引っ越してきたことで、よく言えば平和な、悪く言えば無味乾燥な毎日が変わって、どことなく浮ついている自覚がある。

(だから彼との距離の取り方を、間違えているのかもしれない。気づかないうちに隙ができていて無防備になってるから、昨夜もあんな時間だったのに自宅に入れてしまった)

飴屋が昨夜、どういう意図で思わせぶりな発言をしたのかはわからない。

だがこちらにその気がない以上、きっと深入りしないほうがいいのだろう。彼に対する気持ちが妙な方向に向く前に、なるべく接触を減らしたほうがいい。

互いに家を購入してずっとこの地に住むのが確定しているのだから、適度な距離を保つのが無難なのだ。それでなくとも未婚の男女のため、狭い集落でおかしな目で見られたりしないよう、気をつけるべきなのをすっかり失念していた。

（普通の〝お隣さん〟になるためには、もう自分から彼の家には行かないほうがいいよね。そもそも用事もないんだし）

しかしそう結論づけたところで、あかりは昨夜飴屋に額をもらったばかりだということを思い出す。

おそらくそれなりの値段がするであろう作品をもらった直後に、いきなり態度を変えるのはどうなのか。それはあまりに現金すぎないか——そんなふうに考えているうち、ふいに庭の入り口から飴屋が姿を現して、あかりはドキリとした。

「……あ」

「おはよう」

「お、おはよう」

庭に入ってきた彼は暑いのか頭にタオルを巻いていて、カーゴパンツの裾を捲《めく》り上げている。飴屋が盥の水で涼を取っているあかりの姿を見て笑った。

「いいな、それ。涼しそうで」

「うん」

盥の中で足を泳がせると、水に浮かべた青モミジがゆらゆらと揺れる。それを見た彼がつぶやいた。

「……風流だな」

水の動きに、あかりは先日飴屋の家で見た金魚と水草のタペストリーを思い出す。

生成りの生地に描かれた白く清らかな水の流れ、その中で泳ぐ赤と黒の金魚、繊細なタッチで描かれた揺れる水草がきれいだった。

顔を上げたあかりは、彼を見つめて礼を述べた。

「昨夜はありがとう。わざわざ額を届けてくれて」

「いや」

「あんな素敵なものがうちのリビングにあるなんて、すごくうれしい。本当に大事にするから」

するとそれを聞いた飴屋が、独り言のようにつぶやいた。

「――やっぱ昼間は、隙がないよな」

「えっ？」

「なあ、俺は……」

彼が何か言いかけたところで、リビングにある固定電話が鳴り出す。

急いで足をタオルで拭ったあかりは、飴屋に「ちょっとごめんなさい」と言ってリビングに上がった。そしてコール音が切れる寸前、どうにか受話器をつかんで電話に出る。

「はい、奈良原です」

親しい人間が連絡を取るときには大抵携帯電話にかけてきていて、それ以外はメッセージかメールだ。一体誰だろうと考えていると、電話の相手は集落の自治会長だった。

「こんにちは、ご無沙汰しております。……ええ、……まあ、そうなんですか。それはご愁傷さまです」

メモを取りながらしばらくやり取りして電話を切り、あかりは小さく息をつく。

掃きだし窓に座った飴屋が、こちらを向いて問いかけてきた。

「何かあった？」

「お葬式の連絡。潰れたガソリンスタンドの近くの田端《たばた》さん、おじいさんが亡くなったらしくて、そのお手伝いの要請」

この集落には、冠婚葬祭時に近所が手伝う風習が色濃く残っている。

本来は〝隣組〟と言われる近所の班でそれぞれ面倒を見ていたが、近年過疎化が進んで集落に住む人間が減ったため、だいぶ離れた山裾に住むあかりにまで手伝いの連絡を寄越したようだ。

あかりが葬式の手伝いに参加するのは、これで二度目だった。この辺りでは通夜と葬式の二日間、男性は帳場や祭壇の設営、女性は主に炊き出しを任される。

「俺のところには、何もきてないけど。あ、家電《いえでん》を引いてないせいか」

「たぶん男手は足りてると思う。買い出しと祭壇の設営が終わったら、あとはみんな飲んでるだけだし。大変なのは女の人たちだから」

二日に亘《わた》る通夜と告別式で、集落の女性たちは故人の親族や参列者へのお膳や賄い作りに相当な時間をかける。

お膳を整え、酒の用意をし、夜通し起きている人たちの夜食作りの他、泊まり客の朝食と告別式後の料理までと、二日間でかなりの量を用意しなければならない。

とりあえず今日の通夜のため、あかりは急いで準備を始めた。

（喪服と数珠を出して……ストッキングは黒だよね。他に何か持っていくものはあるかな）

少し考え、あかりはエプロンを用意する。

自治会の香典は一世帯三〇〇〇円と決まっているらしく、かろうじて一枚だけあった香典袋に入れた。そんなあかりの様子を掃きだし窓に座って眺めながら、飴屋がここからどうやって行くつもりなのか聞いてきた。

「もちろん自転車。歩くにはだいぶ遠いし」

「ガソリンスタンドのところまでだったら、結構距離あるだろ。よかったら車で送っていくよ」

さらりとそんな提案をされたあかりは、思わず口をつぐんで飴屋を見る。そしてすぐに我に返り、慌てて断った。

「いいの。全然大丈夫」

「でも」

「本当に気にしないで。このくらいの距離は、いつも自転車だから」

当たり障りのない答えを返しながら、あかりは内心焦っていた。

（飴屋さんの車で送ってもらったりしたら、それこそ集落の人間にどんな噂《うわさ》を立てられるかわからない。この辺りの人たちは、とにかく噂好きだし）

ただでさえ新参者として何かと興味を持たれる立場なのに、これほど狭いコミュニティの中でおかしな噂をされるのだけは断じて避けたい。

そう考えつつ、あかりは飴屋に向かって言った。

「わたし、もう出なくちゃいけなくて……一応家の鍵は閉めていくけど、大丈夫？」

「ああ」

「帰ってくるのは、たぶん夜七時くらいだと思う。悪いけどシャワーはその頃に来て」

「わかった」

飴屋が腰を上げ、あかりはふと気になってその背中に声をかける。

「そういえばさっき何か言いかけてたけど、用件は？」

「いや。また今度でいいや」

彼が笑い、「じゃあ、手伝い頑張って」と言って去っていく。ぼんやりとそれを見送ったあかりは、ハッとして時計を見た。

（いけない。早く行かなくちゃ）

香典と数珠をバッグに入れ、エプロンをつかんだあかりは急いで自宅を出る。

外は気温が三十度を超えていて、ムッとした熱気にすぐに汗が噴き出した。喪服で自転車を漕《こ》ぐのは想像以上にしんどく、故人の家に着くまでにすっかり汗だくになる。

ジャケットの下は半袖のワンピースだったが生地が厚く、汗ばんだ肌に纏《まと》わりついて不快感がひどい。

あかりが到着すると、通夜の会場となる家は既に人でごった返していた。遺族に挨拶して香典を渡し、焼香を済ませたあと、あかりはエプロンを着けて台所に向かった。すると一人の女性がこちらに目を止め、眉を上げて言う。

「あら、あんた、山裾の……」

「奈良原です」

「そうよねえ、久しぶりね。遠いところからご苦労さま」

台所には十二人ほどの女性たちが忙しく動いていて、それぞれ野菜を切ったり鍋の様子を見たりと、分担して仕事をしていた。

通夜振る舞いとして出されるお膳は、料理の内容がだいたい決まっているのだという。煮しめや酢の物、豆腐をとろみのある汁仕立てにしたものや黒飯など、全部この土地ならではの味つけがあるのだと聞き、以前手伝いに来たときには驚いた。

さらにこの辺りでは、葬式やお盆、彼岸などに米粉と黒砂糖で柏餅《かしわもち》に似た餅も作る。台所は早くも餅や黒飯を蒸す熱気でムンムンしていて、持ち込まれたカセットコンロで他の料理もしていた。

回転する扇風機のぬるい風を背中に浴び、あかりは煮しめ用の具材を切りながら、噂話に興じる女性陣の話を聞く。

「澤田《さわだ》さん家のおばあちゃん、ホームに入ったんだって？」

「そうそう、徘徊《はいかい》がひどかったからね、やっぱり家で見るのは限界があるよ。お嫁さんもよくやったわ」

「伊藤《いとう》さんは息子と暮らすから、こっちはもう売りに出すって言ってたよ」

「どんどん人がいなくなるよねえ……」

話しながらでも、皆一様に手元がしっかり動いているのはさすがだ。

その後、彼女たちの話はあかりのほうに移り、「若いのにこんな集まりに出るのは偉い」と褒められることから始まって、「一人で暮らすのは無用心」「いい人を紹介してやる」とどんどん話が発展し、笑顔でかわすのに苦労した。

「平田《ひらた》さん家の信夫《のぶお》くん、こっちに戻ってきたって言ってたじゃない。あの子は確か四十前くらいだし、年齢的にもいいんじゃない？」

「駄目よ、あんた知らないの？　信夫くん、ギャンブル狂いで奥さんに離婚されて、こっちに戻ってきたのよ。借金もあるみたいだし」

心の中でもう勘弁してほしいと考えたあかりは、ニッコリ笑って言った。

「わたし、あっちでお膳の用意をしてきますね」

台所を出たあかりはひんやりした奥の廊下の片隅に座り、ラップが掛かった小鉢の料理をひとつひとつお膳に並べ始めた。

先ほどのやり取りを反芻《はんすう》し、ついため息が漏れる。やはり世間は、三十歳を過ぎて独身でいる女に対して相当お節介だ。田舎だからというのもあるのだろうが、おそらく彼女たちには本当に悪気がなく、女の幸せは結婚だと考えている。

（仕方ないか。世の中はそれが当たり前なんだもの）

あかり自身には結婚願望はないが、わざわざ大勢の前で「結婚という選択をしない人もいるのだ」などと声高に語ろうとは思わない。

台所に戻って引き続き準備に参加し、どうにか体裁が整った午後五時から通夜が始まった。

僧侶の低い読経の声が響く中、あかりは廊下の末席から手を合わせる。読経が終わると一斉に女性たちが座布団を片づけ、慌ただしくお膳の準備が始まった。

大勢の人が台所と廊下を行き交い、遺族や親戚、弔問客が座って飲食を始める頃には、台所の手伝いの人間は一様に疲れ果てていた。

弔問客は軽くお膳に箸をつけたあと、大抵すぐに帰る。残された親族たちは二十人ほどいたが、ちょうどあかりが台所で翌日の米を計量しているとき、広間から何か争うような声が聞こえた。

「……何かあったんでしょうか？」

隣にいた女性にそう問いかけると、五十代半ばとおぼしき彼女があっさり答える。

「きっとよくあるお金の話よ。本当は葬儀の場で出す話題じゃないんだけどね」

どうやら親族は、故人が残した遺産の分割の話で揉《も》めているらしい。

（……本当にドラマみたいなことがあるんだ）

そう感心するあかりをよそに、台所にいた女性たちが口々に話し始めた。

「こんな田舎の家なんて、どうせ売っても二束三文だろうにね」

「本当よ。家なんて、ずっと同居してた長男夫婦にあげりゃいいのに」

「違うのよ。亡くなったおじいちゃん、何でもビルひとつ持ってるらしくてね」

実は故人は、政令指定都市の一等地に雑居ビルを持っているという。

「次男も末っ子も、今まで父親のことは全部長男に丸投げしてほとんど帰ってこなかったのに。下手に財産があると、こうして揉めるんだから困ったものね」

事情通の自治会長夫人がそう締めくくり、台所にいた面々に向かって言った。

「あとの片づけは、近所の人たちだけで充分よ。皆さん、明日はまた朝から手伝いをお願いしますね」

口々に挨拶を交わして、いくつかのおかずを持たされたあかりは帰り際に広間を覗き込む。

祭壇からだいぶ離れたところでは、親族たちの話し合いが紛糾していた。感情的になって大きな声を出している人もおり、帰る前に故人にもう一度お線香を上げていこうと考えていたあかりは、中に踏み込むのにしばし躊躇う。

（あの人たちからは離れてるし……入っても大丈夫かな）

あかりは目立たぬように足を忍ばせて祭壇に近づき、焼香する。

すると棺の窓が開いており、中に横たわる白装束をまとった故人の顔が見えた。何気なくそれを見た瞬間、あかりの心臓がドクリと嫌なふうに跳ねる。

「……っ」

青白い顔は表情がなく、すっかり生気を失っていた。

既に物言わぬ肉体になっているのを如実に感じたあかりは、無理やり遺体から視線を引き剝がすと、逃げるように外に出た。

午後七時でも外はまだ明るさを残し、見上げた空は高く澄み渡っている。空気はまだ蒸し暑く、無心に自転車を漕ぐとすぐに汗が出て、前髪が額に貼りつくのを感じた。

自宅に到着した頃には、ひどく疲れていた。自転車を定位置に停めて家に入ったあかりは、中にこもった熱気を逃がすために掃きだし窓を開ける。

そのまま窓辺に座り込み、ぼんやりと庭を眺めた。昼間出したまま放置されている銀の盥には青モミジが浮かんでいて、水面でゆらゆらと揺れている。

「………………」

見つめているうち、気づけば涙がひとしずく頰を伝っていた。

手の甲で拭ったものの涙は止まらず、あかりは息を吐いて天を仰ぎ、暗くなりつつある空を見つめる。

先ほど目にした青白い故人の顔に、あかりは笹井を重ねていた。それほど遠くない未来、きっと彼はあんなふうに死んでしまう。そう考えるとやりきれなさが募り、どうしようもない寂寥《せきりょう》感に心が乱されていた。

（馬鹿みたい。わたしはもう、笹井さんに関わることはできないのに）

いつまでも思い切れず、ただ行き場のない想いを抱えて一体いつ終わりがくるのだろうと考えることが、苦しくてたまらない。

それなのに失くせない自分の中の気持ちを、あかりは持て余す。笹井を忘れて完全に過去にできたら、どんなにいいだろう。いっそ早く何もかも終わってくれればいい――ふいにそんな考えが脳裏をかすめ、あかりはかすかに顔を歪めた。

（結局わたしは、自分だけが可愛い利己的な人間なのかも。あの人を失うのを怖がりながら、早く終わることを願うなんて）

自分の気持ちが、よくわからない。

本当に純粋に笹井のことが好きなら、はたしてこんなふうに思うだろうか。自分は本当は笹井が好きなのではなく、〝彼を好きでいる自分〟に、いつまでも依存しているだけではないのか。

そんなふうに考えた瞬間、ふいにジャリッと砂を踏む音がして、あかりはドキリとして顔を上げた。

「……飴屋さん」

庭の入り口から入ってきた飴屋が、驚いた顔でこちらを見つめていた。

第五章

日中気温がかなり上がったせいか、日没の時間になっても外はまだ蒸し暑さが残っている。

それでも、強い日差しがない分いくらか涼しさを感じつつ、飴屋はシャワーを借りるべく着替えのTシャツとタオルを手に隣の奈良原の家に向かった。

いつもは夕方五時にシャワーを借りていたが、今日の彼女は突然集落の葬式の手伝いを頼まれ、自転車で出掛けている。先ほど何気なく外に視線を向けたところ、喪服姿で自転車を漕《こ》いで帰ってくる奈良原の姿を見かけ、仕事を一段落させて家を出てきた。

（いきなり手伝いで呼び出されるなんて、田舎は大変だな。下手に断ると角が立つんだろうし）

そんなことを考えながら庭に踏み込んだ飴屋は、そこで思いがけない光景を目にして驚いた。掃きだし窓に座る奈良原が、庭を見つめて涙を零している。

（葬式の手伝いに行ってきたはずだけど、そこで何かあったのか？　集落の人間に文句を言われたとか）

それとも亡くなった人と交流があり、その死を悼んでいるのだろうか。

黒い喪服姿の彼女は、いつもと雰囲気が違っていた。首元のパールのネックレスや肩パッドが入った上着がフォーマル感を醸し出し、仄《ほの》かな色気が漂っている。

不意打ちのように彼女の涙を目撃した飴屋は、ひどく動揺していた。見てはいけないものを見てしまった気まずさをおぼえたものの、このまま引き返すのもおかしい。

そう考えた飴屋は複雑な気持ちになりながら庭に踏み込み、掃きだし窓に歩み寄ると、奈良原の隣に腰を下ろした。

すっかり陽が落ちた空は、薄墨色に徐々に染まりつつある。窓のサッシにもたれ、床に足を崩して座っていた奈良原が、そっと喪服の裾を直していた。

それを横目に、飴屋は遠慮がちに問いかけた。

「――もしかして、面識あったの？」

「えっ？」

「亡くなった……その、田端さん」

すると彼女がびっくりしたように目を瞠《みは》り、すぐに首を横に振って答えた。

「ううん、全然。違うの、わたしが勝手にいろいろ……考え込んでただけで」

彼女の説明はどこか抽象的で、わかりづらい。奈良原自身もそう思ったのか、すぐに言葉を付け足した。

「亡くなった人を見て、何だか不安になっちゃっただけ。病気の知り合いがいるから」

どうやら彼女は葬式に行ったことをきっかけに、病気の知人の今後について考えてしまったらしい。

それきり沈黙が満ちて、二人の間をかすかな風が吹き抜けた。庭の片隅で咲いている花の香りがふわりと漂い、どこからか虫の声が聞こえる。

もうこの件については、話したくない——そんな空気を奈良原が出しているように思えて、飴屋はそれ以上根掘り葉掘り聞くのをやめた。人は誰しも踏み込まれたくない部分があり、上っ面だけで同情されるのも不愉快だろう。

何より彼女自身がその〝知人〟に対して抱えている感情が複雑そうで、だからこそひっそりと涙を零していたに違いない。

(一体どういう関係の人なんだろう。知人だって言ってたけど、泣くくらいだから相当親しいとか?)

押し黙っている彼女が、小さく鼻を啜《すす》るのが見えた。

昨日もそうだったが、いつもは落ち着いて余裕のある人間がこうして揺らいでいるのを見ると、飴屋はもどかしさをおぼえる。

もっと感情を表に出していいし、泣きたいなら泣けばいい。普段の奈良原は肩肘を張りすぎていて、だからこそときおりこんなふうに芯が揺らいでしまうのかもしれない。

そんなことを考えているうち、気づけば飴屋は口を開いていた。

「つらいなら、俺に寄りかかってもいいけど」

「えっ……？」

飴屋の言葉に彼女が目を瞠り、小さく問い返してくる。

口にした言葉は考える間もなく出たものだったが、間違いなく本心だった。奈良原が揺らいでいるなら、自分に寄りかかってくれて全然構わない。そうやって寄る辺のない顔をするくらいなら、いくらだって自分を利用すればいいと思う。

（俺は彼女が好きだ。隣人としてじゃなく、特別な意味で）

出会ってからこれまで少しずつ心に積み重ねてきた想いを、飴屋はそう結論づける。

落ち着いていて余裕があるところや生活を愉しんでいるところ、ときおり見せる子どもっぽい好奇心、こうしてふいに見せる弱い顔も、気づけば全部が気になっていた。

元々飴屋は、惚《ほ》れっぽいほうではない。それなのに奈良原には初めて出会ったときから好感を抱き、また会いたいと自然に考えていた。毎日交わす何気ない会話、ふとしたときの沈黙もしっくり馴染《なじ》み、気詰まりな感じはまったくしなかった。

初めはどちらかというと及び腰に見えた彼女が、いつしか気軽に家に訪れて笑顔を見せてくれるようになり、飴屋はうれしかった。それでいて奈良原の中には依然として頑なな何かがあり、それを表に出すまいと自制しているのを感じる。

飴屋の発言を聞いた彼女は、戸惑いの表情を浮かべていた。「寄りかかっていい」と言われて、嫌ならすぐに断ればいいのに、奈良原はそれを口にしない。その意味を、飴屋は都合よく考える。

「どうする？」

彼女を見つめ、飴屋は静かに追い打ちをかけた。

（揺らいでいるなら、とっとと俺の腕の中に落ちてくればいい。……そうすれば、思いっきり甘やかしてやるのに）

そう思いながら視線を向けると、狼狽《ろうばい》する彼女と目が合った。

「……ぁ……」

小さな声を聞いた瞬間、飴屋は奈良原の腕をつかんで強く引き寄せていた。

華奢《きゃしゃ》な身体が、あっさり飴屋の胸の中に収まる。抱き込んだ細い感触に、飴屋の中でますます彼女に対する庇護《ひご》欲が高まった。

（あー、駄目だ。……俺は）

自覚した以上、気持ちを黙っていることができない。

弱っている奈良原につけ込む己の狡《ずる》さを感じながら、飴屋は奈良原を抱きしめる腕に力を込めた。

＊　＊　＊

視界のすべてが飴屋の黒いTシャツに覆われ、気づけば大きな身体にすっぽりと抱き込まれている。

接触は思いがけないもので、その体温と彼の匂いを感じた瞬間、あかりは自分の中の理性がグラリと揺れるのを感じた。

(……わたし……)

飴屋に泣いているところを見られたのは、失敗だった。

いくら急速に親しくなったとはいえ、あかりは基本的に他者との間に線を引きたいタイプだ。当たらず触らず、隣人として適度な距離を取るべきだと考えていたのに、予想外に弱い部分を見せてしまった。

あかりが意外だったのは、彼が涙の理由をあれこれ詮索してこなかったことだ。それどころか「つらいなら、俺に寄りかかってもいいけど」と発言してきて、咄嗟《とっさ》に何と返すべきか迷った。

飴屋の発言は、まるでこちらに特別な感情を抱いているように聞こえる。ただの隣人であるならばあるまじき言葉で、自分たちが男女だということを鑑みれば、絶対に受け入れてはならない。

(でも……)

縋《すが》りつきたくなったのは、寄る辺のない思いを一人で抱え続けるのが苦しくなったからだろうか。

笹井の病気を知ったあとに会社を辞め、まるで世捨て人のようにこの田舎に引っ込んでから、あかりはずっと一人だった。この先誰にも頼らず生きていこうと考えていたのに、夢見が悪くて憂鬱になったり、葬式で亡くなった人の顔を見て笹井の死を連想したりと、ときどき不安定だ。

　そんな中、優しい隣人である飴屋に「寄りかかってもいい」と言われ、心が揺れた。彼の言葉はこちらのパーソナルな部分に踏み込みすぎていて、今後のつきあいを思うなら受け入れてはならないことだ。

　しかし飴屋の体温に触れた瞬間、あかりは胸の奥がぎゅっとするのを感じた。年下でも穏やかで頼りがいのある彼に、しがみつきたい。だがそれは、この優しい隣人を利用しようとするのと同じだ。ただ寂しいから、一人で立っているのがつらいから――。

（どうして今、このタイミングでそんなことを言うんだろ。気持ちが弱っているときに優しくされたら、勘違いしちゃう。……この人に特別に思われているかもしれないって）

　動揺するあかりに、飴屋は「どうする?」とさらなる追い打ちをかけてきた。

　あくまでも穏やかに誘いをかけてくる彼に、こちらを追い詰めようという意図はまったく見えない。

　きっと今なら、「何言ってるの」と突っぱねることもできるのだろう。あかりがそう返せば、飴屋はきっと「そうだな」と言ってあっさり申し出を引っ込める――そんな気がしていた。

（でも……）

　その瞬間、あかりの胸にこみ上げたのは、強烈な渇望だった。泣きたい。――彼に、甘やかされたい。

（でも……わたしは）

気持ちが揺れて、あかりは動くことができない。答えられずに顔を上げると、間近で飴屋と視線が絡み合い、目が離せなくなった。

次の瞬間、あかりは彼の胸に抱き込まれていた。密着した服越しの硬い身体の感触を、あかりはまざまざと意識する。無駄なところが一切ない引き締まった胸は広く、本当に身体が大きいのだなと頭の隅で考えた。

ふいにこみ上げた涙は、笹井を思ってのものだろうか。それとも手近なぬくもりに縋る浅ましい自分を、恥じてのものだろうか。

一度流れ出すと、もう涙を止めることができなかった。溢《あふ》れた涙は、零れる端から飴屋のTシャツに吸い込まれていく。彼の腕の中で、あかりはいろいろなことを思い出していた。今日の通夜で見た祭壇の花の色、濃厚な線香の匂い、こちらに別れを告げたときの笹井の顔、彼の声――。

笹井の死について考えるときにこみ上げる胸を締めつけられる感覚は、もしかしたら上手くいかなかった恋への執着なのかもしれない。成就できなかったから、自分のものにならなかったから、このまま消えていくしかない気持ちが哀れでならないのだとすれば辻褄《つじつま》が合う。

純粋な好意ではなく、〝いずれ彼が亡くなる〟という事実に酔っているだけなのだとしたら、自分はきっとひどいエゴイストだ。

　そんな思いが心に浮かび、あかりはいたたまれなさをおぼえた。笹井の顔や声を思い出すだけで今でもこんなにも切ないのに、その反面少し強引な飴屋の腕に安堵している。笹井を思いきることもできないくせに、飴屋に対しても心を動かしている自分がいる――。

（駄目だ、わたし……）

　このままでは、本当に笹井を忘れるために飴屋を利用してしまう。

　そんな思いにかられたあかりは、腕を突っ張って彼とわずかに距離を取った。涙で濡《ぬ》らしてしまったTシャツが申し訳なく、気まずくうつむくと、突然飴屋の手が顔に触れてくる。

　ドキリとするあかりをよそに、飴屋は指先で目元に貼りついた髪を払い、そのまま関節で頰を撫《な》でてきた。近すぎる距離を意識して、あかりは彼から離れようとする。

　しかしその手首をつかまれて、なかなか振り払うことができない。内心焦りをおぼえつつ、あかりは小さく訴えた。

「は、離して……」

「何で」

「な、何でって」

「こんなタイミングで言うのもどうかと思うけど。――好きだ」

「……っ」

頬がじわじわと熱くなる。

これまであかりは、飴屋の思わせぶりな態度や言葉に動揺する自分に恥ずかしさをおぼえていた。だがそうした一連の言動には、彼なりの意図があったということだろうか。

そんなふうに考えるあかりを見つめ、飴屋が言葉を続けた。

「奈良原さんはいつも隙を見せないように頑張ってるけど、昨夜や今みたいに、いきなり気を緩めるときがあるよな。俺は卑怯《ひきょう》だから、弱ってるところを見ると『チャンスだ』と思って、つけ込みたくなる」

「何言って――」

発しかけた言葉は、突然のキスによって遮られる。

唇が軽く触れ、一瞬で離れていった。思いがけないほど近くで飴屋と目が合ったあかりは、驚きのあまり息をするのも忘れる。

彼の真剣な眼差しは、たった今発した言葉が嘘《うそ》ではないことを如実に表していた。冗談ではなく、飴屋は本気で自分を好きだと言っている。

そう確信するのと同時に、あかりは自分の気持ちがグラリと揺らぐのを感じた。

（こんなの……駄目なのに）

自身を咎《とが》める思いが、ふいに心にこみ上げる。

笹井を思い切れていない状態で飴屋に揺らぐのは、人としてまったく誠実ではない。理性ではそうわかっていても、あかりの中には目の前の彼に惹《ひ》かれる気持ちが確かにあり、

それを無視することができなかった。

心臓がドクドクと音を立て、「拒絶しなければ」という思いと、「もっと飴屋を知りたい」という思いがせめぎ合う。

後頭部を引き寄せられて再び口づけられたとき、もう何も考えられなくなっていた。あかりは飴屋のもたらす、嵐のような熱に溺れた。

＊＊＊

引き寄せた身体は細く、呆気《あっけ》なく飴屋の腕の中に収まる。

唇の合わせを舌でなぞって中に押し入ると、柔らかな舌先が怯《おび》えるようにかすかに震えた。

緩やかに絡め、徐々に深いところを探る動きに、奈良原があえかな吐息を漏らす。そんな些細《ささい》な反応に煽《あお》られるのを感じながら、飴屋は角度を変えて口づけた。

「……っ、ん……っ」

何度も口づけ、視線を合わせながら吐息を混ぜ合ううち、互いの理性がじわじわと溶かされていくのがわかる。

飴屋は彼女の太ももに触れ、腰や腹を辿《たど》って胸のふくらみに触れた。その瞬間、ハッと我に返った様子の奈良原が、急いでその手を押し留めてくる。

「ま、待って」

構わず胸をつかむ手に力を込めた途端、彼女が「んっ」と息を詰める。そのこめかみに口づけた飴屋は、首筋を目指して唇を下に滑らせた。

すると奈良原が慌てたように飴屋の胸に触れ、身体を押し返してくる。

「あの、ほんとに待っ……」

「でも、待ったら逃げるだろ？」

苦笑しながらようやく動きを止めると、彼女がぐっと言葉に詰まる。

飴屋はそんな奈良原を見つめ、微笑んで問いかけた。

「で、何？」

「窓が開いてるし……それに汗かいたから、あの」

確かに今日は三十度超えの気温で、彼女は暑い中を喪服で自転車を漕いで目的地に向かい、さらにサウナ状態の葬儀会場の台所で大量の汗をかいたらしい。

それを聞いた飴屋は、事も無げに答えた。

「俺は全然気にならないけど」

「わ、わたしは気になるから……」

奈良原は日頃の落ち着き払った態度が嘘のように、しどろもどろだ。

真っ赤になり、必死にこちらの身体を遠ざけようとするしぐさが可愛らしく、飴屋は内心おかしくなる。

（意外に物慣れない反応をするんだな。いつもは涼しい顔してるのに）

飴屋から見た彼女は、年齢相応に何事もそつなくこなす印象だ。

だが先ほど告白してから、奈良原はひどく動揺していた。その表情からはさまざまな葛藤が見て取れ、こちらを拒もうとするそぶりがあったものの、その理由が〝汗をかいたから〟というもので飴屋は安堵《あんど》していた。

（もし「恋愛対象として見られない」って言われたら、さすがに手を出すわけにはいかないけど。……そうじゃないなら、逃がさない）

おそらく彼女は、飴屋を嫌ってはいない。はっきり拒絶されたら引き下がろうと考えていたものの、今の飴屋にはそんな気持ちは微塵《みじん》もなくなっていた。

久しぶりに抱く恋愛感情は、飴屋にとって新鮮なものだった。たとえ奈良原が汗臭くても自分はまったく気にならず、このまま押し切ってしまいたい気持ちでいっぱいだが、それではあまりにも性急すぎる。

そう考えた飴屋は、彼女に向かって告げた。

「じゃあいいよ、行ってきて」

「えっ……」

「シャワー、浴びたいんだろ？」

奈良原がホッとした顔で気配を緩め、飴屋から離れて立ち上がろうとする。その手をつかんで咄嗟《とっさ》に引き止め、飴屋は驚く彼女に向かって問いかけた。

「――ここで待っててもいいか？」

「えっ……」

「もし嫌なら、俺は帰る」

無理強いしたくなくてそう言うと、奈良原の顔に戸惑いが浮かぶ。

彼女はだいぶ逡巡《しゅんじゅん》していた様子だったが、やがて飴屋の目をまっすぐ見つめて小さく答えた。

「嫌じゃないから……ここで待ってて」

「わかった」

奈良原が台所の奥の脱衣所に姿を消すのを、飴屋は黙って見送る。

引き戸が閉まるのを見届けた途端、思わず深い安堵のため息が漏れた。

（……よかった）

恰好《かっこう》つけてあんな台詞を言って、「嫌だから帰って」などと言われたら、目も当てられない。

テレビが点いていないリビングは、しんと静まり返っていた。庭の奥から虫の鳴き声がかすかに聞こえ、外はすっかり暗くなっている。

このあとのことを考えれば、鍵を開けっ放しの自宅の戸締まりをしてくるべきだろう。

そう考えた飴屋は掃きだし窓から立ち上がり、一旦奈良原の家をあとにした。

＊＊＊

逃げるようにバスルームに向かい、脱衣所の引き戸を閉める。

早鐘のように打つ心臓の鼓動が、なかなか治まらなかった。火照った頬の熱さを持て余し、後ろ手に引き戸を閉めたあかりは、その姿勢のまましばらく立ち尽くす。

（わたし……）

「好きだ」と言ったときの飴屋の声がよみがえり、胸の奥がぎゅっとする。

彼の言葉を聞いた瞬間、あかりの心に湧いたのは困惑と喜びがない交ぜになった複雑な気持ちだった。

（わたし、あの人に「好き」って言われてうれしいと思ってる。……隣人らしい距離感を取ろうと考えてたのに）

それと同時に、罪悪感もこみ上げる。

先ほどは思わず頷《うなず》いてしまったが、このまま勢いで彼と関係を持って後悔しないだろうか。過去の恋愛を引きずっている自分にそんなことをする権利はないのかもしれないという躊躇《ためら》いが、あかりの心にいつまでもわだかまっている。

（でも――）

あかりの中には、飴屋に惹かれる気持ちが確かにあった。

この半月ほど彼の穏やかな人柄に触れ、その作品を見るうち、ただの〝隣人〟という枠を超えた関心を抱いている。

先ほど抱きしめられて高鳴った鼓動は、今も切なく胸を疼《うず》かせていた。

(わたしは彼に触れたい。……触れられたい)

鏡に映る自分の顔は、どこか不安げに瞳を揺らしている。しばらくそれを見つめていたあかりは、迷いを断ち切るように視線をそらした。

シャワーを浴び、髪を乾かしてリビングに戻ると、飴屋が「俺も入ってくる」と言って入れ違いにバスルームへと姿を消した。

掃きだし窓を閉めに向かったあかりは、少し考えてそこにある彼のサンダルを玄関に移動させる。そして明日も着る予定の自分の喪服を吊《つ》るして消臭スプレーをかけたあと、もらってきたおかずを保存容器に入れ替えた。

するとその途中で濡《ぬ》れ髪の飴屋が脱衣所から出てきて、予想外の早さにあかりはわずかに動揺しながら言う。

「何かいつもより、早くない？」

「そうかな」

心の準備がまだできておらず、あかりは平静を装うのに苦労する。

保存容器をしまって冷蔵庫のドアを閉めた瞬間、ふいに腕をつかんで引き寄せられ、心臓が跳ねた。飴屋の身体からは自分と同じボディソープの匂いが漂い、洗いざらしのTシャツの乾いた感触が頬に触れる。

緊張で身体をこわばらせると、頭の上で彼が笑う気配がした。

「ごめん。もしかしたら、気が急いていたのかも。――早く奈良原さんに触りたくて」

「……っ」

あかりの頬が、じんわり赤らむ。

飴屋の手が首元に触れてきて、ピクリと肩が震えた。まだ少し湿ったままのあかりの髪を彼の手が払い、指先で耳の形をなぞる感触にゾクゾクする。

そっと視線だけを上げるとこちらを見下ろす飴屋と目が合い、ドキリとして息をのんだ。

(あ……)

そのまま身を屈めた飴屋が、口づけてくる。

触れるだけの唇は乾いていて柔らかく、二度、三度と触れるその甘さに、あかりはうっとりした。やがて舌が浅く入り込んできて、緩やかに舐《な》められる感触に思わず吐息を漏らす。

「ぁ……っ」

性急さのないキスは、あかりの身体のこわばりを徐々に溶かした。

やがてどれくらいの時間が経ったのか、飴屋が唇を離して言った。

「先に聞いておきたいんだけど」

「何……?」

「奈良原さんの、下の名前」

それを聞いたあかりは、これまで言う機会がなくて教えていなかったことを思い出す。

「〝あかり〟っていうの。漢字じゃなく、平仮名で」

「きれいな響きで、しっくりくるな。俺の名前は――」

「前に聞いたから、知ってる」

「言ってみて」

「悠、介……」

話しているあいだも腰を抱かれ、頬や額に何度も口づけられて、恥ずかしくなったあかりは言葉を途切れさせる。

二人を取り巻く空気がじわじわと密度を増し、こんなにも甘い雰囲気を出す男だったのかと意外な気がしていた。飴屋がこちらを見下ろして言った。

「さっきも言ったけど、本当に無理強いするつもりはないんだ。急に距離を詰めすぎてる自覚もあるし」

一旦言葉を切った彼が、問いかけてくる。

「あかりはどうしたい？　俺はこのあと話をするだけでも、全然構わない」

自然な響きで名前を呼ばれ、あかりの鼓動が高鳴る。

同時に告げられた内容に、驚いていた。こちらの気持ちが追いついていないなら、飴屋はこれ以上何もする気はないという。

確かに突然すぎる展開にひどく動転していたものの、せっかく覚悟を決めたのにそんなことを言われ、あかりは肩透かしを食った気がした。

しかしその発言から、彼が思いのほか優しい性格の持ち主だとわかり、面映ゆさをおぼえる。この期に及んでもこちらに選択を委ねるのは、飴屋の辛抱強さを物語っているように感じた。

だがもう少し確かめてみたくなり、あかりは彼に問いかける。

「さっきは『好き』って言ったのに？」

すると飴屋が、笑って答えた。

「好きだから、あかりの気持ちが追いつくまで待ってもいい。俺は気が長いほうだし、こうしてくっついてるだけでも充分だ」

そう言って髪に鼻先を埋められ、優しいしぐさにあかりの胸がきゅうっとする。

思いのほか穏やかな気持ちを向けてくれているのがわかり、何ともいえない面映ゆさをおぼえる。それは安堵にも似ていて、彼に対する信頼が増すのを感じた。

あかりは顔を上げ、飴屋を見つめてささやいた。

「わたしは嫌じゃないから、して」

すると飴屋はあかりの腰を抱く腕にわずかに力を込め、問いかけてくる。

「寝室は？」

「……こっち」

この家の寝室に、誰かを招き入れるのは初めてだ。

あかりが一人なのにダブルサイズのベッドを買ったのは、ささやかな贅沢《ぜいたく》のつもりだった。しかし今思えば、それはいい選択だったのかもしれない。

「……ぁ……っ」

何度もキスをしながら、ベッドに押し倒される。

二人分の重さを受けてかすかに軋《きし》んだベッドは、餡屋の大きな身体があると若干狭く感じた。

覆い被さった彼に耳の後ろに口づけられ、あかりは思わず肩をすくめる。そのまま首筋に唇を這わされて息を詰めると、彼がひそやかに笑った。

「可愛い。ずいぶん敏感なんだな」

「……っ……ぁ、っ」

餡屋の大きな手があかりの身体を撫《な》で、薄手のカーディガンをはだける。

シンプルなワンピースの上から胸のふくらみに触れられ、やんわりと揉《も》まれて呼吸が乱れた。次第にもどかしい気持ちがこみ上げてきたあかりは、落ち着かず足先を動かす。

するとこちらのカーディガンを剝ぎ取った餡屋が、ノースリーブのワンピースの肩紐《ひも》をずらす。そしてあらわになった胸の先端に吸いついてきて、身体がビクッと跳ねた。

「は……っ」

舌を這《は》わされ、芯を持ち始めた頂を押し潰される。

その動きに身をよじった途端、強く吸い上げられて思わず高い声が出た。

「あっ……！」

胸から離れた彼の唇が、鎖骨や肩口まで丁寧に辿《たど》る。

視線を下ろすと思いのほか近くで飴屋と目が合い、気恥ずかしさをおぼえた。すると彼が身体をずらし、唇を塞いでくる。

「……んっ……」

飴屋の触れ方は優しく丁寧で、触れた手から大事にされているのが伝わり、胸がいっぱいになった。

あかりは腕を伸ばし、彼の首を引き寄せる。そして口腔《こうこう》に押し入ってきた飴屋の舌を舐め返すと、キスがより深くなった。

ザラリとした表面を擦り合わせ、音を立てて吸いつく。角度を変えて口づけられ、蒸れた吐息を交ぜる行為が心地よく、いつまでもキスが終わらなかった。

そのあいだ、あかりの肌を辿っていた彼の手は脇腹や腰を撫で、やがてゆっくり膝を割ってきた。ワンピースの裾を太ももまでたくし上げたところで、飴屋がキスを解いて言う。

「脱がせていい？」

「うん」

こちらが着ているものに手を掛けた彼が、すべて脱がせてきた。

部屋の中は暗いものの、それでも恥ずかしさが募り、あかりは所在無く膝を動かす。目の前で飴屋が自身のTシャツを頭から脱ぎ、床に落とした。

途端に均整の取れた身体があらわになり、あかりはドキリとする。以前風呂上がりの彼の身体を見たときも思ったが、無駄がなくすっきりとした身体のラインは、家にこもって友禅を作っているとはとても思えない。

再び上に被さってきた飴屋の胸をあかりが指先でそろりと撫でると、彼がくすぐったそうに笑った。

「触りたい？」

「飴屋さんはインドアなのに、何でこんなにいい身体してるの？」

そんな問いかけに、飴屋は「そうかな」と首を傾げた。

「別に鍛えたりはしてない。仕事で重い寸胴鍋とかを持ったりするし、たぶん普段からろくなもの食ってないから、痩せてるだけだと思うよ」

「食べてないの？」

「うん。貧乏なせいもあるけど、あんまり料理しないから。適当なものばっか食ってる」

普段はさほど困窮はしていないものの、年に一、二度、取引先の支払いスケジュールの都合で資金繰りが厳しい時期は、食費を減らすこともあるらしい。

気の毒に思うあかりの身体を見下ろし、彼が暗がりの中で目を細めてつぶやいた。

「……あかりの身体はきれいだな」

飴屋の手のひらが胸や腰、太ももを辿り、その感触にあかりは吐息を漏らす。

胸のふくらみを包み込まれると、大きな手の中でたわむその形がひどく淫靡《いんび》だった。屈み込んで肌にキスを落とされ、どこもかしこも丁寧に愛撫《あいぶ》される。触れられた部分からじりじりと熱が上がっていくのを感じ、あかりは甘い声を漏らした。

「ぁっ……は……っ」

脚を開かされ、太ももの内側に痕が残るほど口づけられた途端、ツキリとした痛みが走ってかすかに眉を寄せる。

まるで所有の証を刻むような行為に、思わず頬が熱くなった。彼の手が下着の中に入り込み、花弁を指で割られる。そこがとっくに熱くなっているのを悟られ、あかりの中に強い羞恥がこみ上げた。

「……っ、ぁっ」

愛液を塗り広げるようにぬるぬると花弁をなぞられ、敏感な花芯に触れられてビクリと腰が跳ねる。

飴屋の指が尖《とが》りを優しく撫で、ときおり押し潰すような動きをされて、じんとした甘い愉悦がこみ上げた。

「あっ……！」

蜜口を探った指が、ゆっくりと内部に入ってくる。

身体の内側をなぞられる感触にゾクゾクしながら、あかりは縋るものを求めて彼の肩を強くつかんだ。

するると覆い被さってきた飴屋に唇を塞がれ、喉奥からくぐもった声が漏れる。

「ふっ……んっ、……ぅっ……」

熱っぽく舌を絡ませ、蒸れた吐息を交ぜる。

そうしながらも奥へと進んでいく指の感触に、肌が粟立《あわだ》った。あかりが内部を締めつけると、彼の指が最奥をぐっと押し上げる。その瞬間、背筋を強烈な快感が駆け上がり、あかりは飴屋の肩を強くつかんだ。

「ぁ、待っ……」

「ここ？　ああ、すっごい……ビクビクする」

「あっ、あっ」

中を掻《か》き回されると粘度のある水音が聞こえ、あかりは彼の肩をつかむ手に力を込める。

乱される自分が恥ずかしいのに、飴屋の指に反応する身体を止めることができない。

（わたしばっかり……こんな）

一方的に喘《あえ》がされるのが悔しくて、あかりは今にも達してしまいそうになるのを必死でこらえる。こちらの反応を見ながらの動きは的確で、気がつけばさんざん喘がされていた。

やがて飴屋が指を引き抜き、あかりはホッと息を漏らす。その唇になだめるようなキスをしたあと、彼が身体を起こした。

飴屋がズボンの尻ポケットから避妊具を取り出すのを見て、あかりはかあっと顔を赤らめる。頭の片隅で一体いつ用意したのだろうと考えていると、彼が笑って種明かしをした。

「さっきあかりが風呂に入ってるあいだ、戸締まりをするために一回家に戻ってたんだ。こういうとき、隣って便利だよな」

カーゴパンツの前をくつろげた飴屋が、避妊具のパッケージを破って自身に装着する。そしてこちらの膝をつかんで大きく押し広げてきて、ぬかるんだ蜜口に熱を押し当てられたあかりはやや緊張した。

入り口を捕らえた先端がじわじわと侵入を始め、想像以上の硬さにあかりは息を詰める。

「んん……っ」

入り込んでくる大きさが少し苦しく、あかりは顔を歪《ゆが》めつつ手元のシーツを強く引き寄せる。

誰かと抱き合うのが久しぶりなせいか、受け入れるのに若干の苦痛を感じた。すると身体のこわばりでそれを悟ったのか、途中で動きを止めた彼があかりの頬を撫でてささやく。

「——力抜いて」

「……っ」

「ゆっくりするから」

飴屋が屈み込み、あかりの目元にキスをしてくる。

上半身を抱き込まれて胸の先端を吸い上げられると、じんとした愉悦がこみ上げた。少しずつ押し入ってくる動きに性急さはなく、あかりの身体から徐々に力が抜けていく。するとと内部がじわじわと潤み出し、そのぬめりを利用して、飴屋がより奥へと慎重に腰を進めてきた。

「う……っ……んっ、ぁ……っ」

最奥に到達する頃には苦痛はなく、強い圧迫感だけをおぼえる。

やがて開始された律動に、押し出されるように声が漏れた。柔襞を擦りながら行き来する屹立《きつりつ》は硬く、その質量に息が上がる。

うっすら目を開けると彼の熱っぽい眼差しがあり、胸の奥がきゅうっとした。窓を閉めきって熱気がこもった部屋の中、飴屋が吐息交じりの声でささやく。

「最初はきつかったのに、今は全部挿入ってる。苦しい？」

「……っ……」

あかりが首を横に振ると、飴屋の視線が優しくなる。

「たまんないな。声もしぐさも、いつもよりすげー可愛い」

「あ……っ」

耳を軽く噛《か》まれた瞬間、思わず中のものを強く締めつけてしまう。

一瞬ぐっと息を詰めた彼が、小さく笑った。

「……やばい、ほんとよすぎる」

「んぁっ……！」

ふいに奥を突き上げられて高い声を上げると、膝をつかんだ飴屋がそのまま何度も深いところを探ってくる。

切っ先が感じてたまらない部分をかすめるたびに怖いくらいの快感がこみ上げ、あかりは目の前の彼の身体にしがみついた。

「んっ……ぅっ、あ……っ」

「――名前呼んで」

熱っぽい声でねだられ、あかりは切れ切れに飴屋の名前を口にした。

「悠、介……っ」

「……っ」

飴屋の汗の雫《しずく》が、ポツリと肌に落ちてくる。

内部がわななきながら楔《くさび》を締めつけ、身体の奥に快感がわだかまって、あかりは限界が近づいているのを悟った。

何度かの激しい抽送のあと、ひときわ深くを抉《えぐ》られた瞬間、一気に快感が弾ける。あかりがビクッと背をしならせるのと、顔を歪めた彼が最奥で熱を放つのは、ほぼ同時だった。

「はぁっ……」

あかりは息を乱し、脱力する。

心臓が早鐘のごとく脈打ち、快感が全身に伝播《でんぱ》していくのがわかった。火照った肌にわずかに冷たく感じるシーツが心地よく、ぐったりと身を横たえると、こちらを見下ろす飴

屋と目が合う。

汗ばんだ額にキスをされ、髪に顔を埋めながら強く抱きしめるしぐさには愛情がにじんでいて、いとおしさが募った。

こんなにも疲れた今なら、夢も見ずに眠れるような気がする。そう考えながら、あかりは飴屋の身体の重みを受け止め、情事の甘い余韻を感じながら目を閉じた。

第六章

目が覚めたとき、部屋の中は既に明るくなっていて、飴屋はぼんやりと瞼《まぶた》を開ける。頬に触れるリネンの感触がいつもと違い、腕の中に人肌のぬくもりを感じた。視線を向けると栗《くり》色の柔らかな髪があり、そこでようやく昨夜のことを思い出す。

（……そうか。あのまんま寝ちゃったのか）

隣人の奈良原あかりが、飴屋の腕の中で寝息を立てている。

乱れた髪や剝き出しの肩を見るといとおしさがこみ上げ、飴屋は微笑んだ。昨日、集落で行われた葬式の手伝いから戻った彼女は精神的に落ち込んでいて、飴屋はどさくさに紛れ想いを告白した。

あかりはそれを受け入れてくれ、なし崩しに抱き合って、今に至る。

（……こうして見ると、やっぱり細いな）

初めて触れた彼女の身体は、想像以上に美しかった。

手入れが行き届いた肌はどこを触ってもすべすべで、美意識の高さを感じさせる。しかもかなり感じやすく、普段は澄ましたあかりが自分の腕の中で乱れる様は飴屋を興奮させ、結局昨夜は二度も抱いてしまった。

こうしていると再び欲情を刺激され、飴屋の中に触れたい気持ちが募る。そのとき彼女の瞼がかすかに動き、目を覚ます気配がした。飴屋が咄嗟《とっさ》に寝たふりをすると、あかりがじっとこちらを見つめている。

「………………」

おそらく昨夜のことを思い出し、ひどく動揺しているのだろう。

彼女がそっと身体を起こし、ベッドの下に落ちている部屋着を拾おうとするのがわかって、飴屋はその腰にスルリと腕を回して言う。

「──おはよう」

「……っ、びっくりした。起きてたの？」

「黙ってベッドから出ようとするなんて、ひどいな。声をかけてくれればいいのに」

するとそれを聞いたあかりが、しどろもどろに答える。

「寝てたから、先にシャワーを浴びようって思ってただけ。朝ご飯を作らなきゃいけないし」

今何時かと聞くと、午前七時だという。飴屋は笑って言った。

「まだいいよ。早い時間だし」

「えっ、でも……あっ！」

彼女の身体を引き寄せ、ベッドに押し倒して上から覆い被さると、あかりが動揺した顔で言う。

「昨夜いっぱいしたでしょ。それにもう明るいんだから」

「明るいところで、あかりの身体を見たい。昨夜は暗くてよくわかんなかったし」

彼女が腕を上げて半ば顔を隠しながら、恥ずかしげにつぶやく。

「やめてよ。……わたし、メイクもしてないのに」

「普段とほとんど同じで、可愛いよ」

明るい部屋の中で見るあかりの胸は、形も色もきれいだった。

弾力のあるふくらみをつかんだ飴屋は、その先端を舐《な》める。すると彼女がピクリと身体を震わせ、そこはすぐに芯を持って硬くなった。

舌先で形をなぞって吸い上げる動きに、あかりが足先でシーツを掻《か》く。

「ん……っ」

色めいた響きの声に、昨夜の情事の記憶がよみがえる。

汗ばんだ肌や息遣い、最奥まで飴屋をのみ込んだ隘路《あいろ》の甘美な感触など、思い出すだけで屹立《きつりつ》が充実し、痛いほどに張り詰めた。しかしそこで重要なことを思い出し、飴屋は動きを止める。

「――しまった。昨夜避妊具《ゴム》を使い果たしたんだった」

「えっ」

「二個しか持ってこなかったんだ」

せっかく臨戦態勢になったものの、無責任なことはできず、飴屋は無念のため息をつく。

するとと彼女が、どこかホッとしたような顔で言った。

「残念だけど、しょうがないよね。わたしはシャワーを浴びてくるから、飴屋さんはゆっくりしてて」

再び起き上がったあかりがそう言ってベッドを出ていこうとして、飴屋はその腕をつかむ。そしてニッコリ笑って彼女に提案した。

「――じゃあ、一緒に入ろうか」

＊　＊　＊

おざなりに部屋着を身に着けてバスルームに向かいながら、あかりは気まずさをじっと押し殺す。

チラリと振り返ると、後からついてきている飴屋はデニムを穿《は》いただけで上は何も着ておらず、しなやかで引き締まった上半身が目に毒だった。

（一緒に入るって、本当に？　いきなりそんなことを言われても緊張しちゃうんだけど）

身体の奥には、昨夜の情事の余韻が色濃く残っている。

葬式の手伝いから戻り、笹井のことを思い出して涙を零していたところに居合わせた飴屋から「好きだ」と告白されたのは、昨日の話だ。

そのままなし崩しに抱き合ってしまい、気がつけば深く眠り込んで朝になっていたが、目が覚めたときに目の前に彼の顔があってドキリとした。

先ほどは危うく抱かれそうになって焦ったものの、飴屋は避妊具がないのを理由に途中で行為を中止してくれ、あかりはホッとした。

（でも……）

脱衣所に入り、振り返ったあかりは、飴屋を見上げて問いかける。

「あの、本当に一緒に入るの？」

「もちろん。俺が先に入ってるから、あとで来て」

そう言って彼がさっさとデニムと下着を脱いでバスルームに入っていってしまい、残されたあかりはモソモソと着衣に手を掛ける。

バスルームは高いところに小さな窓があるため、外の光が入って明るい。そのため、全裸で中に入る勇気がなかったあかりは、タオルを一枚身体の前に当ててバスルームのドアを開けた。

するとシャワーヘッドを手に湯の温度を調節していた飴屋が、こちらを見て言う。

「お湯、これくらいで熱くない？」

「う、うん」

身体を引き寄せられ、背中からシャワーを掛けられると、その熱さがじんわりと染み入る。昨夜はかなり汗をかいたため、肌のべたつきが気になっていたが、少し熱めの湯が心地いい。

しかしこうして明るいバスルームはやはり緊張してしまい、身体に当てたタオルを外せずにいると、お湯を一旦止めた彼がシャワーヘッドを壁面に掛けた。そしてスポンジにボディソープをつけ、手の中で泡立てながら言う。

「腕、こっちに出して」

「えっ」

手首から肩にかけて丁寧に擦られ、もう片方も同様にされる。そしてあかりが身体を隠しているタオルを見つめ、笑って言った。

「これ、取ろうか」

「あ……っ」

あっさりタオルを取り去られ、すべてがあらわになる。

かあっと頰を赤らめるあかりの胸を飴屋がスポンジで擦ってきて、思わずビクッと身体が震えた。

すると彼が手にしていたスポンジを脇に置き、手のひらに直接ボディソープを取って胸に触れてくる。

「ん……っ」

ぬるりとした感触の手が胸のふくらみに触れ、揉《も》みしだいてくる。

先端部分を擦られると皮膚の下から疼《うず》きがこみ上げ、あかりは息を詰めた。何も感じていないふりをしたいのに、ぬるつく感触が淫靡《いんび》で、みるみるそこが尖《とが》っていくのがわかる。芯を持った尖りをいじられて押し殺した吐息を漏らすと、彼はますますそこに触れてきた。

「……っ、んっ、……ぁ……っ」

やがて飴屋の手は胸から背中へと滑り、尻の丸みを握り込まれたあかりは「あっ」と声を上げる。

正面から抱きすくめられながらやわやわと揉まれ、彼の指が後ろから花弁を割ってきて、くちゅりと粘度のある水音が響いた。

それと同時に飴屋の唇が耳朶《みみたぶ》を食み、あかりは逃げ場のない体勢のまま息を乱す。

（やだ……こんな……っ）

浴室は些細《ささい》な息遣いでも音が反響して、羞恥を煽《あお》る。

蜜口をなぞっていた彼の指が少しずつ内部に入り込んできて、あかりは喘いだ。昨夜は久しぶりの行為だったせいか、そこは少しひりついていて、ボディソープがわずかに沁《し》みる。

浅いところをくすぐられるうちに淫らな音が大きくなっていくのがわかり、あかりは飴屋の腕をつかんで言った。

「待って……これ以上は……っ」

「わかってる。避妊具《ゴム》がないから挿れないよ」

彼はこちらの手をつかんで自らの股間に誘導し、耳元でささやく。

「――あかりも触って」

「あ、……」

既に昂《たかぶ》ったものを握らされ、その硬さと熱がてのひらにじんと伝わってくる。

張り詰めた幹をしごくようにした瞬間、飴屋が心地よさそうな息を吐いて、あかりは剛直を握る手に力を込めた。

互いに触れ合ううちに官能が高まり、呼吸が乱れていく。

「んっ……はぁっ……あ……っ」

体内に深く埋まった彼の指が隘路を抽送し、内壁がビクビクとわななきながらそれを締めつけていた。

溢《あふ》れ出た愛液でぬるつく柔襞を捏《こ》ね、内壁を刺激するように指を動かされると甘い愉悦がこみ上げて、あかりは目の前の飴屋の胸に頰を擦り寄せた。

すると彼が「あかり、顔を上げて」とささやいてきて、視線を上げた瞬間、唇を塞がれる。

「ふ……っ」

口腔《こうこう》に押し入ってきた舌に少し荒っぽく蹂躙《じゅうりん》され、余裕がなくなる。それと同時に奥を抉《えぐ》られたあかりは、喉奥で呻《うめ》きながら達した。

すると手の中の屹立がドクリと体液を吐き出し、あかりの手を汚していく。

「あ……」

白濁した精液が鈴口から溢れる様子は刺激的で、思わず顔が赤らんだ。

乱れた呼吸でこちらを見下ろした飴屋が、大きく息を吐いて言う。

「ごめん。すぐ流すから」

シャワーの湯を出した彼が、あかりの全身についているボディソープをきれいに流してくれる。

その後、飴屋は髪まで洗ってくれ、浴室を出てからはドライヤーで乾かすのを申し出てきて、あかりは慌てて言った。

「大丈夫、自分でするから」

「いいよ。ほら」

ここまで甲斐甲斐《かいがい》しく世話をされるのは予想外で、ドライヤーの温風を当てられたあかりはじんわりと面映ゆさをおぼえる。

洗面台の前で髪を乾かされつつ、鏡越しに彼を見つめて告げた。

「飴屋さんがここまでマメなの、何だか意外。もっとあっさりした人だと思ってた」

「――〝悠介〟」

「えっ？」

「もう恋人なんだから、下の名前で呼んで」

確かに飴屋は昨日からこちらを下の名前で呼んでいて、あかりは小さく「……悠介」と言い直す。

言葉にすると改めて自分たちがつきあい始めたのだということが実感として湧き、落ち着かない感情がこみ上げた。あかりは気まずさを誤魔化すように、彼に向かって言う。

「これから朝ご飯作るけど、よかったら食べる？」

「いいの？」

「うん。ご飯じゃなくてパンだけど」

「わざわざ作ってくれるなら、何だってうれしいよ」

髪を乾かしてもらったあと、あかりは手早くメイクをしてキッチンに向かった。

そしてロールパンに卵サラダを挟んだサンドイッチとグリーンサラダ、作り置きのミニトマトのマリネ、焼いたウインナーとアイスコーヒーという朝食を作り、ダイニングで向かい合って食べ始める。

テーブルに並んだ料理を見た飴屋が、感嘆の表情で言った。

「あかりの朝ご飯、すごいな。俺はいつも缶コーヒーとコンビニで買った惣菜《そうざい》パンとか、おにぎりとカップの味噌汁《みそしる》とかで済ませてるから、大違いだ」

「それで足りてるの？」

「軽く腹が膨れる程度。基本的に料理ができないから、適当なものしか食ってない」

ならば今後、こうして朝ご飯をご馳走《ちそう》するのもいいかもしれないとあかりは考える。

今までもときどき食事を一緒にしていたが、飴屋はこちらの料理を美味しそうにモリモり食べてくれ、片づけも率先して手伝ってくれるために悪い気はしなかった。

朝食後、あかりはベッドのリネンを取り換えて洗濯機を回し、家の中を掃除する。そして庭の水遣りをしたあと、仕事をするという飴屋に誘われて彼の家に向かった。

すると既にムッとした暑さを感じる一階の作業スペースでは、下絵を写した長い生地が両端を〝張り木〟に結びつけられた状態で置かれている。

引っ越してきてすぐに飴屋は工務店の人間を呼び、作業場に反物をたるみなく張るためのポールを設置してもらっていた。彼いわく、生地を広げて作業する場合、まずは張り木という木製の道具に生地の両端を挟んで引っ張り、天井と床に四ヵ所の穴を開けて立てた鉄製のポールに結びつけて固定するという。

さらに張った生地の裏側には伸子《しんし》という両端に針がついた竹の棒を何本も刺し、布を広げて幅を一定にするらしい。

今回は着物ではなく帯で、ろうけつ染めと叩《たた》き染めにするのだと彼は語った。

「ろうけつ染めって聞いたことがあるけど、どんな感じ？」

あかりのそんな疑問に、飴屋は白いペレット状の蠟《ろう》を金属製の小鍋に入れてヒーターで温めながら説明する。

「ろうけつ染めは溶かした蠟を生地の上で固めて、その蠟が染料を弾くことで〝染まらない部分〟を作っていく技法をいうんだ。でも使う蠟の種類によって、それぞれ効果が違う」

「そうなの？」

「うん。パラフィンは市販のロウソクでよく使われてる蠟で、防染力はあるけど脆いから、俺は主に堰《せき》出しに使ってる。逆に白蠟は防染力が弱い、つまり染料を通す性質があって、仕上がりにニュアンスをつけたいときに使う」

以前彼からもらった山帰来のタペストリーも、白蠟を使ってひび割れた風合いを出しているといい、それを聞いたあかりは額装したものをくれたときにそんなことを言っていたのを思い出す。

ヒーターで熱された蠟が溶け出し、少しずつ透明になっていくのを見つめながら、飴屋が言葉を続けた。

「そしてこれはマイクロワックスといって、防染力が強くて粘りがある。融点が高いから固まるのが早いし、割れにくい性質を利用して、〝白付け〟といわれるくっきりとした白抜きにしたいときに使うんだ」

そこで彼がふと気づいた様子で顔を上げ、あかりに向かって言った。

「扇風機、点けていいよ。暑いだろ」

「あ、じゃあ、一緒に風に当たれる位置に置くから」

あかりがそう申し出て扇風機の位置をずらそうとしたものの、飴屋は事もなげに答える。

「いや、俺はいい。風が当たると、せっかく溶かした蠟が冷めるし」

しかし外の気温は既に二十八度くらいになっていて、空気がこもっている室内はそれ以上に暑い。熱中症が心配だとあかりが言うと、彼は苦笑して言った。

「確かにこういう暑い時季に熱した蠟鍋を抱えて作業するのはかなりきついんだけど、しょうがないんだ。染色ってだいたいこんなことばかりだし、こまめに休憩して水分を取るようにしてる」

そう言って飴屋は鍋の様子を見て、蠟を熱していたヒーターのスイッチを切った。

蠟の最適な温度は種類によってそれぞれ違うものの、筆で掻き混ぜているときの粘り具合や生地の端にちょんと付けたときの染みていくスピードで判断していて、つまりは経験からくる〝勘〟らしい。

また、ろうけつ染めで使う筆は高温の蠟に浸けるため、通常の筆より傷みが激しいという。確かに未使用品や下ろし立てのものと、かなり使い込んでいるものは色も穂先の長さも違っていて、あかりは感心してそれを眺めた。

高熱の蠟で使うほど劣化が激しくなるといい、温度の低い蠟から使い始めて高い蠟に回していくことが筆の節約になるのだそうだ。

ちなみに新品の筆下ろしのときはもちろん、蠟仕事を始める際は、毎回鍋の中の蠟が解けたくらいの低い温度のときを見計らい、古い筆を使って今回使う筆にゆっくり蠟を馴染ませてやると長持ちするという。

「蠟の温度が高いところにいきなり筆を突っ込むと、穂先が天ぷら状態でチリチリになるんだ。だからこうやって、少しずつ温度に慣らす」

「……いろいろ大変だね」

今回の帯の意匠は雪の結晶が文様化された〝雪輪〟で、春の豊富な雪解け水は豊作をもたらすことから、吉祥文様に数えられているうちのひとつだ。

飴屋がデザインした帯は、大きな藍色の雪輪の上に白い小さな雪輪がいくつか配置されているもので、色鉛筆で描いたラフ画を見るとシックでモダンな雰囲気だった。

「マイクロワックスは他の蠟に比べてかなりの柔軟性があるんだけど、二回蠟置きをしたあとに張り木に生地を張ると、些細な動きで生地の伸びてる方向が違う部分の蠟に罅《ひび》が入ったり、剝がれ落ちてしまう可能性があるんだ。だからこうして最初から張った状態で作業する」

「ふうん」

彼は熱された蠟鍋を脇に置き、筆先に蠟を馴染ませて白い雪輪の部分を塗っていく。

その動きは職人そのもので、縁台に座ったあかりは扇風機の風に当たりながら飴屋が仕事をする様子を見守った。

工程のひとつひとつに準備の手間があり、経験から生み出した合理的なやり方で進めているのを目の当たりにすると、友禅制作がいかに地道な作業の積み重ねなのかがよくわかる。

(いくら仕事とはいえ、作業中に扇風機の風にも当たれないだなんてハードすぎる。悠介がいつも首にタオルを掛けてるのは、だからなんだ)

仕事中の彼は何気ない話をしているときもせっせと手を動かしていることが多く、しかも精密な作業をしていて、その集中力には驚かされるばかりだ。

ふと筆を持つ飴屋の手が目に入り、あかりはパッと視線をそらす。昨夜と今朝、彼の手が自分にどんなふうに触れたか、長い指がどこまで届いたかをつぶさに思い出してしまい、身体の奥にじんと熱が灯った。

飴屋の触れ方はこちらを気遣って優しく、眼差しは情熱を秘めていて、本当にあかりを好きで大切にしたいという想いが伝わってきた。今朝はシャワーで全身を丁寧に洗って髪まで乾かしてくれ、その甲斐甲斐しさに面映ゆさをおぼえる。

（わたし……この人のことを急速に好きになってる。昨日告白されるまではあえて自分の気持ちから目をそらしていたけど、もしかしたら隣に引っ越してきたときから少しずつ心惹かれてたのかもしれない）

飴屋は六歳年下とは思えないほど大らかで、とても穏やかな男性だ。

どんなときでもマイペースで、感情の振れ幅が少ない。それは悪い意味ではなく、苛立ちや疲れといったネガティブな面を決して表に出さないため、一緒にいて気が楽だった。

昨夜抱き合ったせいか、今日は折に触れて彼の整った顔や筋張った大きな手、しなやかな体型などを意識してしまい、あかりはそんな自分を持て余す。

（わたし、朝からこんなことばかり考えて恥ずかしい。もう二度と恋愛はしないと思っていたから、気持ちがふわふわしてる）

だがその一方、薄氷の上に立っているかのような寄る辺のなさを感じ、ふと不安になる。

飴屋からの告白をきっかけに勢いのままつきあい始めたが、本当にこれでいいのだろうか。昨夜あかりは過去を引きずっている自分に恋愛する権利はないかもしれないという躊躇《ためら》いを抱き、それでも彼に惹かれる気持ちが確かにあるのを自覚して関係を持った。

しかしいざ事が済んでみると、こうして思考が同じところに戻ってしまっている。後ろめたさのような思いが確かに心の中にあって、二の足を踏んでいる。

そのとき飴屋が、こちらを見つめて言った。

「どうした？　ぼーっとして」

「あ、ううん。何でもない」

「ここは暑いし、しかも寝不足気味だもんな。軽い気持ちで誘っちゃったけど、家に帰って休んでもいいよ。あかりの家はクーラーがあるから快適だろ」

彼がこちらを気遣ってくれているのがわかり、あかりは申し訳ない思いでいっぱいになる。

おそらくは朝食後、「もう少し一緒にいたい」と考えて自宅に誘ってくれたはずで、同じように思っていたあかりは笑顔で答えた。

「大丈夫。悠介の仕事を見るの、好きだから」

その後、白付けの部分に二度蠟を置いた飴屋は、それを乾かしながら藍色の大きな雪輪文様の叩き染めの工程に移った。

叩き染めとは、端切れなどを丸めて生地に包んだものに白蠟を染み込ませ、それをあらかじめ地の色に染めた生地にポンポンと叩いて乗せていく技法らしい。

そのあとにもう一度生地を染めると、白蠟を置いた部分が適度に染料を通してまだらににじんだようなニュアンスになるというが、いきなりやるのは失敗するリスクがあるため、必ず小さな布を使って試し染めをするという。

叩き染めの試作の布を簡易蒸し器に入れ、タイマーをかけた彼が、冷蔵庫からペットボトルの水を二本出してあかりの元に来る。その額には汗がにじんでいて、あかりは急いで扇風機の風を強くして飴屋に当てながら言った。

「お疲れさま。早く風に当たって」

「ありがとう。あかりも水分を取ったほうがいい、ほら」

礼を言ってペットボトルを受け取ったあかりは、よく冷えた水を一口飲む。

蒸し器に入れたばかりの布は、叩き染めのニュアンスを見るだけのため、十分ほどで蒸し上がるらしい。

業務用コンロで熱されたそれがシュンシュンと音を立て始めると、熱い蒸気が出て室内の温度がより上がった。

サンダル履きの彼が縁台の隣に腰掛けてきて、あかりはその身体の近さにドキリとする。長い脚を持て余し気味に土間に投げ出した飴屋が、首筋の汗をタオルで拭いつつ口を開いた。

「あかりが傍で見ててくれると、単調な作業でもサクサク進むな。やっぱり話をしてると、気が紛れるのかも」

「そう？　かえって邪魔かなって思うときもあるんだけど」

「全然。ここに引っ越してきてから、あかりが遊びに来てくれるのがすごく楽しみになった。少しずつ好きな気持ちを自覚するようになってからはなおさら、『今日はいつ来るんだろう』って心待ちにしてたし」

甘さをにじませた視線をこちらに向けた彼が、「ああ、でも」と言葉を続けた。

「今日はいつもより気が散ってたかな。昨夜のことばっか思い出して」

「……っ」

突然昨夜のことを蒸し返され、あかりの心臓が跳ねる。

何食わぬ顔で仕事をしながら、実は飴屋が自分と同じように昨夜の一部始終を思い出していたのだと思うと、羞恥が募った。

彼がペットボトルの水を三分の一ほど飲み、キャップを閉めながら言った。

「昨日いきなり『好きだ』って言われて、たぶんあかりは戸惑ったよな。でも俺の中に好意があったのは確かだし、それは毎日の中で少しずつ積み重なってきたものだから、全然突然ではないんだ。告白こそ勢いだったけど、一夜明けてあかりに対する気持ちはより強くなった」

飴屋が持っていた水のボトルを脇に置き、ふいにこちらの手を握ってくる。

あかりの手をすっぽり握り込めるほどの大きさの手は指が長く繊細で、男らしい色気があった。彼がやんわりと力を込めながら言った。

「俺はあかりと出会えた縁を、大事にしたい。せっかく気持ちが通じ合ったんだし、これからは互いの生活を尊重しながら、恋人としての時間も充実させられたらいいなと思ってる。家が隣同士だからこそ踏み込みすぎない適度な距離を保ちつつ、こうして何気ない時間を一緒に過ごせたらって考えてるんだけど、どうだろう」

恋人になったからといってグイグイ押してくるのではなく、「適度な距離を保とう」と提案してくれ、あかりはひどく安堵《あんど》した。

こんなふうに考えるということは、やはり自分はまだ飴屋との交際に及び腰な部分があるのかもしれない。そう思いつつも、彼の言葉をうれしく感じているのも事実で、やはり心の中には恋愛感情が明確にあるのだと強く自覚する。

あかりは飴屋を見つめ、微笑んで答えた。

「ありがとう。悠介がそう言ってくれて、ちょっとホッとした」

「うん。何か気になることがあったら、遠慮せずに言ってほしい。俺はあかりに何も我慢してほしくないから」

愛情がにじむ発言に、あかりはくすぐったさをおぼえる。そして彼と恋人という関係になったことに、気持ちが高揚するのを感じた。

この選択が正しいのかどうかは、わからない。躊躇いはまだ拭いきれていないものの、それでも一緒にいて楽しいと思い、飴屋の誠実な面を目の当たりにして胸がきゅうっとしていた。

彼の顔が近づき、あかりの唇に触れるだけのキスをする。すぐに離れ、吐息が触れる距離でこちらをじっと見つめた飴屋が、小さく息をついて立ち上がって言った。

「よし、仕事の続きをするか」

「わたしも一旦、自宅に戻るね」

「ああ」

外に出ると一気に蟬の声が大きくなり、空からじりじりと強い日差しが降り注いだ。

目を細めてそれを見つめたあかりは、チラリと戸口を振り返る。そして踵《きびす》を返すと、砂利を踏みしめて隣の自分の家に戻った。

第七章

本のページをめくると、色とりどりのカラー見本に珍しい名前がついている。麹塵《きくじん》、黒緋《くろあけ》、櫨染《はじぞめ》――他にもさまざまな色に雅な名前がついていて、それを眺めたあかりはこんなに色があるのかと感心してしまった。

あかりが見ているのは、〝日本の伝統色一覧〟という和名の色見本の本だ。日本の着物や織物などに使われる伝統的な色が載っていて、初めて見る色や名前ばかりでとても興味深い。

本には名前の詳しい由来と、RBG、CMYKといった基本色の配合割合も書かれているため、飴屋は自分で色を作るときの参考にしているらしい。

そんな彼は、すっかり工房と化した住居部分に長い生地を張り、仕事をしているところだった。

現在作っている名古屋帯は、糸目引きと糸目を生地裏まで浸透させるための〝キハツ地入れ〟を終え、文様の部分を保護する〝糊《のり》伏せ〟と呼ばれる工程も終わっていた。文様に彩色するのはあとで、その前に地色を入れるらしい。

「白い帯なのに、色を入れるの？」

そう問いかけるあかりに、飴屋が頷いて答える。

「うん。生地の色がちょっと白すぎるから、矢車《やしゃ》をほんの少しだけ入れて生成《きな》りくらいの色にするんだ。今回は、地入れと引染も兼ねて」

本来〝地入れ〟とは生地に地色を入れる前にする下処理のことで、色の定着と発色をよくするためにやるのだという。

通常は豆汁《ごじる》とふのりを混ぜた液を生地にまんべんなく引き、乾燥したあとに引染という地色を入れる作業をするが、今回は白い帯のためにそれはやらないらしい。

代わりに糸目の外に染料がにじむのを防ぐ泣き止め剤と、矢車附子《やしゃぶし》を薄めて混ぜたものを塗布し、地入れと引染をいっぺんにやるのだと彼は説明した。

それを聞いたあかりは「ふうん」とつぶやき、考える。

(それにしても、すごい蒸し暑さ。この気温で窓もカーテンも閉めきってるから、当然なんだけど)

あかりは色見本の本を眺めながら、戸口近くの縁台に座って扇風機の弱い風を浴びている。

その理由は、塗布したあとの染料が乾燥するあいだにわずかでも熱のあるほうに寄っていき、色ムラが起きてしまうからだ。光や風が当たっても同様で、結果的にこうして閉めきった部屋でやるといい、自分だけが涼んでいるあかりは毎度申し訳ない気持ちでいっぱいになっていた。

引染の作業では、あらかじめ水に浸してあった五寸刷毛に染料をつけ、全体に素早く均していく。飴屋は至って無造作に作業しているが、よく見ると刷毛に含ませた染料が一滴も床に落ちておらず、そんなところに職人らしさを感じる。

一度全部に染料を引いたら、今度は〝返し刷毛〟といって全体をもう一度刷毛で均等に均し、さらに生地を裏返して刷毛で撫《な》でて表面の染料を裏まで通してから、再度表を均すという工程が必要らしい。

繰り返される作業を眺め、あかりはつくづく手間がかかるのだなとすっかり感心しながら言った。

「それで終わり？」

「あとは文様の部分についた染料をキッチンペーパーでトントン押さえながら拭き取って、生地の表面についた刷毛の毛を払って終わり。で、このまましばらく乾かす」

これでもたくさんある工程のうちのひとつに過ぎないというのだから、本当に大変な仕事だ。

やがて生地の表面を小さな箒《ほうき》で払う仕事を終え、乾燥する途中に生地が傾かないよう張り木の紐《ひも》の締め具合を調整した彼が、首に掛けたタオルで汗を拭きつつ扇風機の前にやってくる。あかりは申し訳なさを感じながら謝った。

「ご苦労さま。ごめんね、毎回わたし一人だけ扇風機の風に当たっちゃって」

「全然。かえってごめん、うちはすごく暑いから」

扇風機の前に胡坐《あぐら》をかき、頭に風を浴びながら飴屋が笑う。

土間にある台所の換気扇はずっと回りっ放しなものの、家の中の熱気はこもったままだ。玄関を開ければ室内の空気がだいぶ入れ換わるはずだが、染料が乾くまで外気が吹き込むのはよくないらしい。

あかりは膝の上の色見本の本に、再び視線を落とした。千草色《ちぐさいろ》、鶸萌黄《ひわもえぎ》、黒紅梅《くろべにうめ》——どれも名前が本当に美しく、ずっと見ていても飽きない。

そんな様子をチラリと眺め、彼が問いかけてくる。

「それ、面白い？」

「うん。聞いたことがない名前ばっかり……こんなにたくさん色があるなんて、全然知らなかった」

「まあ並べてみたら、ちょっとした違いだったりするんだけどな。確かにそのいちいちに名前をつけてきたのはすごいかも」

本を覗《のぞ》き込んできた飴屋と、ふいに視線が絡み合う。

自然に顔を寄せた彼に触れるだけのキスをされ、あかりは間近でその瞳を見つめた。二度目に触れた唇は先ほどより深さを増して、舌先を緩く舐められる感触に甘い吐息が漏れる。

「はぁっ……」

あかりの後頭部を引き寄せた飴屋が、舌を絡ませながらより深くを探ってくる。

舌を舐め合うキスは緩やかで、柔らかな感触に少しずつ心が溶かされていく気がした。

あかりはキスの狭間で、小さく問いかける。

「仕事は……？」

「今のところは、生地の乾燥待ち。このあとは〝蒸し〟の工程までいって終わりかな」

彼の大きな手がスルリとうなじに滑り、恥ずかしくなったあかりは視線を泳がせる。それを見た飴屋が、笑って言った。

「今日のまとめ髪、可愛い。首筋が色っぽくて、ドキッとする……」

「……ぁ……っ」

腕を強く引かれた瞬間、膝の上にあった本が音を立てて畳に落ちる。

首筋に彼の唇が触れた途端、すぐに官能のスイッチが入るのを感じて、あかりは動揺した。なけなしの理性を掻《か》き集め、飴屋の腕をつかんでささやく。

「待って……ここじゃ、あの」

玄関からすぐに誰かが入ってこれるような場所で、こんなことはしたくない。

そんな言外の言葉を感じ取った彼が、あかりのこめかみにキスをしてささやいた。

「――じゃあ、俺の部屋に行こう」

＊　＊　＊

二箇所ある窓から日差しがたっぷり入る飴屋の部屋は、かなり明るい。しかも時刻はまだ午後二時で、日が高い時間帯だ。

八畳の部屋はいつも布団が敷きっ放しで、万年床と化している。本棚や箪笥《たんす》、引っ越してきてからまだ開けていない段ボール箱などが無造作に積み上がっていて、室内は雑多な雰囲気に満ちていた。

古い畳の埃《ほこり》っぽい匂いは長年染みついたものなのか、住み始めてしばらく経つ今もなかなか消えない。そんなこもった空気の中、切れ切れの喘《あえ》ぎ声が響く。

「……んっ……ぁ、っ……」

万年床の上であかりの脚を広げ、飴屋は彼女の秘所に舌を這《は》わせている。

明るい中で抱き合うことに、あかりはひどく羞恥をおぼえるらしい。ましてやこんなあられもない行為をされているなら、なおさらだ。それでも結局、押しきられる形でされるがままになる彼女が、飴屋はいとおしくてたまらない。

初めて触れた日から、一体何度抱き合っただろう。目が合うたびにキスをし、呆れるほど互いの熱に溺れて、今も飽きずにこうしている。

隣人のあかりへの気持ちを自覚し、飴屋が彼女に想いを告げてから、十日近くが過ぎていた。あの日、集落の葬式の手伝いに行っていたあかりは病気の知人を思い出して精神的に弱っており、それにつけ込む形で飴屋は「自分に寄りかかってもいい」と告げた。

好きだ――という飴屋の言葉を、彼女は拒まなかった。〝あかり〟という下の名前を教えてもらったのも、そのときだ。実は彼女のほうは性急に関係を進めるのに及び腰で、すぐに自分とどうこうなるつもりがなかったのは、飴屋にはよくわかっていた。

それでもつけ込んだのは、わざとだ。精神的に弱っているときなら彼女は自分に絆《ほだ》されてくれるかもしれない、そんな打算があった。

あかりはおそらく、何らかの理由であまり恋愛に積極的ではないのだろう。それでも拒まずに受け入れてくれたということは、少なからずこちらに好意を抱いてくれているはずで、今はそれでいいと飴屋は考えている。

一度触れると歯止めが利かず、飴屋は久しぶりの恋愛にすっかりのめり込んでいた。彼女の声を聞くたび、顔を見るたびに想いを自覚し、サラサラの髪や細い肩、うなじの後れ毛を見ると触れたい気持ちがこみ上げて、目が合うたびに引き寄せてキスをしてしまっている。

こんなふうに昼間から抱き合うなんてまるで行為を覚えたての高校生のようだと思うが、気持ちを抑えられないのだから仕方がない。

そんな飴屋の愛情表現を、あかりはときに困った顔をしながらも受け入れてくれていた。彼女の身体は、明るいところで見てもきれいだ。肌は肌理が細かく、どこを触ってもすべすべしていて手触りがいい。体型は華奢《きゃしゃ》なのに胸や腰には適度な丸みがあり、飴屋の劣情を否応なく煽《あお》る。

おまけにかなり感じやすく、愛撫《あいぶ》にいつも素直な反応を返す。今もあかりは身の置き所がない様子で、布団の上で息を乱していた。

「は……っ……もう、や……っ」

彼女が腕を伸ばし、上気した顔でこちらの髪を乱してくる。

行為を切り上げた飴屋は身体を起こし、箪笥の引き出しから避妊具を取り出した。そして自身に装着し、蜜口にあてがって、ゆっくりあかりの中に押し入る。

「あ……っ」

「……っ」

熱く潤んだ内部は、飴屋に眩暈《めまい》がするような愉悦をもたらした。

中は充分に濡《ぬ》れているものの、挿れられる大きさが苦しいのか、ときおり彼女がぎゅっと眉を寄せる。飴屋はあかりの目元にキスをしてあやしつつ、慎重に腰を進めた。

根元まで挿入した途端、柔襞がゾロリと蠢《うごめ》いて屹立《きつりつ》に絡みついてくる。射精感を煽るその動きに、飴屋は内心舌打ちした。

（あー、やばい……。まだ全然慣れないな）

熱い息を吐き、ともすればすぐ持っていかれそうな快感を意図して逃がす。緩やかに律動を開始すると、彼女が甘い声を上げた。

「はぁっ……ぁっ、あ……っ」

飴屋の動きに反応して、隘路《あいろ》がじわじわと潤み出す。

それは彼女の感じている愉悦をつぶさに物語っていて、飴屋の中にいとおしさが募った。じわりと身体が汗ばみ、体温が上がる。互いが同じくらいに快楽を感じているのが、触れ合う肌越しにわかった。

「んっ……」

どちらからともなく唇を寄せ、蒸れた吐息を混ぜる。舌を絡ませると、混じり合った唾液を甘く感じた。舐《な》めて吸い、舌の表面をこすり合わせる動きに呼応して、内襞がわななきながら締めつけてくる。

唇を離した飴屋は、吐息交じりの声でつぶやいた。

「……っ……すっげー、いい」

「……っ……」

「このままずっと、あかりの中に挿れていたいくらいだ」

冗談めかした言葉に、あかりがじんわりと目元を染める。

飴屋は彼女の腕を引いて身体を起こし、自分の膝の上に乗せた。体位が変わったことで剛直が奥まで入り込み、あかりが「んっ」と息を詰める。

飴屋はそんな彼女の後頭部を引き寄せ、唇を塞いだ。

「んっ……ぅっ、……は……っ」

キスをしたまま下から突き上げた途端、あかりが喉奥からくぐもった声を漏らす。

ぬるぬると絡ませ、さんざん貪って口づけを解いた飴屋は、目の前で揺れる胸をつかんで先端を口に含んだ。乳暈《にゅううん》を舐めて頂を吸い、軽く歯を立てると、彼女の内部がビクッと楔《くさび》を締めつける。

危うく達きそうになった飴屋はぐっと奥歯を嚙《か》み、細い腰を引き寄せてより奥深くを穿《うが》った。

「ぁっ……はっ、あ……っ！」

何度も抱き合ううち、どんなふうにすればあかりが感じるのか、飴屋にはわかっている。いつも反応するところばかりを重点的に責めると、彼女の声が次第に切羽詰まったものになった。こらえようとしても声が出るのが嫌なのか、あかりが飴屋の肩をつかみ、切れ切れに訴える。

「……っ、この体勢、や……っ」

明るい日差しの中では、彼女の上気した顔も揺れる胸のふくらみも、何もかもが見えてしまっている。

汗ばんで髪を乱すあかりを間近で見つめつつ、飴屋は笑った。

「そうか？　俺は結構好きだ。あかりをすっぽり抱えられるし、奥まで挿入るし――ほら」

「あ……っ！」

ぐっと最奥を突き上げると、彼女がビクリと身体を震わせる。

腰をつかんで何度も深いところを探るうち、快感に追い詰められたあかりが飴屋の肩をつかむ手に力を込めた。

「はぁっ……声、出ちゃうから……も……っ」

そんな言い方をしたら、余計に男を煽るだけだ。そう考えながら、飴屋は熱い息を吐く。

（……ほんと、可愛いよな）

恥じらう様子はまったく年上に見えず、庇護《ひごよく》欲をそそる。

とことん甘やかしたい気持ちがこみ上げ、飴屋は彼女にささやく。

「いいよ。俺しか見てないんだから……どれだけ乱れてもいい」

むしろそんなあかりの顔を、もっと見てみたい。

飴屋が「可愛い」と言いながら目元にキスをすると、彼女がぐっと言葉に詰まって頬を染める。そんな初心さをいとおしく思いながら、飴屋は律動を激しくした。

「あっ……はぁっ……」

蒸し暑い部屋の中、互いの吐息が熱を帯びる。

自身もそろそろ限界が近いのを感じつつ、飴屋は目の前の柔らかな身体を引き寄せ、快楽の続きに没頭した。

＊＊＊

熱に浮かされたような時間が過ぎたあと、開けられた窓から吹き込んできた風がかすかに肌を撫《な》でる。

陽当たりがよすぎるがゆえに室内にわだかまっていた熱気は、入ってきた外気で少しずつ薄らいでいた。布団の上で肘枕をした飴屋が、抱き寄せたあかりの肌を撫でつつ思いがけないことを言う。

「──スケッチしたいな」

「えっ？」

あかりは驚き、彼の顔を見つめる。飴屋が微笑んで言った。

「この細いうなじとか、腰のラインとかを見てると、描きたくてたまらなくなる。たぶんきれいな花を前にして、『描きたい』って思うのと同じなんだろうな。普段は人物はまったく描かないのに、あかりを見てると描きたい欲求が湧いてくる」

彼が「ヌードデッサンをしたい」と言っているのだとわかり、あかりの頬がかあっと紅潮した。そんな反応を愉しむように、飴屋が笑う。

「今度、本当に描いてみようか」

「えっ……そんなの困るから」

「胸とか背中もいいよな」

「もう、嫌だってば！」

彼の眼差しもあかりの髪を弄ぶ指先も、両方とても優しい。

初対面のときに感じた鋭い印象とは裏腹に、飴屋は終始穏やかで甘い男だった。あかりが「こんなに明るい時間にするのは苦手だ」と遠慮がちに訴えても、彼の答えは「抱きたいんだからしょうがない」というもので、恥ずかしさと面映ゆさ、両方を味わっている。

ここ最近は飴屋に振り回されっ放しであり、そんな状況に悔しくなったあかりは、ムッとしながら言い返した。

「最初は『最後までしなくてもいい』とか、恰好《かっこう》いいこと言ってたくせに」

「最初はそう思ってたけど、一回ヤったら全然無理だ。触るたびにすぐ欲しくなる」

彼は「でも」と言い、あかりの髪を撫でて言葉を続けた。

「あのとき『待ってもいい』って言ったのは、建前じゃなくて本心だったよ。時間をかけてでも、確実に俺のものにしたかったから」

「どうして？」

「うーん、どうしてだろうな」

意外にも飴屋は、まったく恋愛体質ではないのだという。

今まで一目惚《ぼ》れをした経験はなく、自分からアプローチしたこともなかったらしい。そもそもこれまでは作品の制作や仕事に忙しく、ほとんどそんな余裕はなかったと語った。

「ここ二年ほど、つきあった相手もいなかった」という言葉を聞いたあかりは、じっと考え込む。

（全然そんなふうに見えない。わたしに対しては、こんなに甘いのに）

つい先ほどまでの時間を思い出し、頬がじんわりと赤らむ。

飴屋の触れ方は、いつも情熱的で優しい。あかりの身体をどこもかしこも大切そうに愛で、手と唇で全身に触れて、ぐずぐずに溶けるのを待ってからようやく中に押し入ってくる。

最初に躊躇《ためら》いの垣根を越えてしまって以降、あかりはどんどん彼に惹かれていく自分を感じていた。彼が仕事をしている姿、穏やかな声や手は、見るたびに心をざわめかせてやまない。

気がつけばしぐさのひとつひとつにときめいて、彼に触れられるたびにうれしく思う自分がいる。しかしその一方で、あかりの心にはいつも後ろめたさがあった。

（わたしはずっと、笹井さんを忘れられなかったはずなのに。今は悠介とこんな関係になってるだなんて、何だか悪いことをしている気分）

とっくに終わった恋の相手なのだから、飴屋とつきあうのはまったく問題ない。それなのに心の中の躊躇いがいつまでも消えず、あかりはそんな自分を持て余す。

「あかりの場合は、何ていうか……じわじわきたんだよな」

ふいに彼が話の続きをしてきて、思考を中断したあかりは顔を上げた。

飴屋いわく、こちらの第一印象は〝面倒見がよくて、親切な人〟というものだったらしい。それに加えて料理が上手くて驚き、引っ越してきて隣人としてつきあううち、徐々に気になる存在になっていったのだという。

「ここに引っ越してきて話をするようになると、毎日何気ない会話が弾んで、すごく楽しかった。それに落ち着いた雰囲気なのに、俺の仕事を子どもみたいにキラキラした目で見てるのが、可愛かった」

いつも髪型を変えていたり、爪の先までさりげなく気を遣っているところに清潔感がある。家をきれいに保ち、生活すること自体を楽しんでいるように見えるのも、ゆったりしていていい——そんな彼の言葉を聞いたあかりは、苦笑いして答えた。

「買いかぶりすぎじゃない？　変わったことは何もしてないし」

「まあ、俺から見た印象だからな。あとはそうだな……迷惑そうな顔をしながらも、困っている俺にトイレと風呂を貸すくらいお人好しだ。そのくせ深いところに踏み込ませないよう、一線を引いてる部分がある」

「……っ」

不意打ちのような鋭い指摘に、あかりはドキリとして肩を揺らす。

自分の抱える後ろめたい部分に触れられたような気がして、咄嗟《とっさ》に飴屋の目を見ることができなかった。彼が笑って言った。

「もしかしたら、一番惹かれたのはそこかもしれないな。あかりが普段表に出さない、たまに見せる素の顔がすごく寂しそうで、一度見たら気になって仕方がなかった。いつもは余裕のある態度なのに、何で急にそんな顔するのかなって」

あかりは複雑な気持ちで押し黙る。

心には、「今言ってしまえばいい」という思いがこみ上げていた。自分の中にはずっと忘れられない人がいるのだと、告白するなら今が絶好の機会なのかもしれない。

しかし飴屋が続けて発したのは、意外な言葉だった。

「でもその部分を、無理に暴こうとは思わない。あかりが自分から俺に言いたいなら別だけど」

「えっ？」

驚いて顔を上げたあかりに彼が笑って言葉を続けた。

「あかりが俺に、まだ全部を預けきっていないのはわかってる。たぶん過去に何かあって、恋愛にあまり積極的じゃないのも」

「あの……っ、でも、わたしは」

焦って口を開こうとしたあかりだったが、飴屋が事も無げに言った。

「別に責めてるわけじゃないよ。あかりが俺を嫌いなわけじゃないのも、よくわかってる」

あかりは彼を見上げ、急いで想いを告げた。

「好き。――ちゃんと好きだから。悠介のこと」

飴屋に誤解されたくないという思いが、あかりの胸の内に強くある。

好きだからこそ、自分も彼が欲しいと思った。だが捨てきれない想いが依然としてあり、今もこうして心が揺れている。

一〇〇パーセントの気持ちを飴屋に傾けているかと言われればおそらくそうではなく、あかりは不誠実な自分を思い知らされて口をつぐんだ。

するとそれを見つめ、飴屋がふいに問いかけてくる。

「前に、俺は気が長いほうだって言ったの覚えてる？」

突然そう尋ねられ、あかりは戸惑いながら頷《うなず》く。彼が穏やかに言った。

「大人なんだから、言いたくないこととか過去のしがらみがあっても当たり前だと思うんだ。俺はあかりが好きだし、いつかは全部を預けてほしいけど……無理やりそういう部分をこじ開けて、傷つけたいとは思わない。だから気長に待つよ。そのうち話してもいいって思ってくれるまで」

「……でも」

本当にそれでいいのだろうか。

笹井の件を引きずりながら飴屋とつきあっても、彼はそれで構わないという。こんなふうに言われるのは、まったくの予想外だ。全部で相手に向き合わなければ卑怯《ひきょう》なのだと考えていたあかりにとって、飴屋の言葉は自分を都合よく甘やかすものでしかない。

何も言えずに見つめると、彼があえて茶化すように笑った。

「とか言いつつ、俺は全然聖人君子じゃないけどな。あかりが弱ってるところにつけ込んだ自覚はあるし、『待つ』って言ってる端から抱くのをやめる気はないし」

「……それは」

それはこちらが受け入れているのだから、まったく構わない。

そう思うあかりの背中を撫で、飴屋が微笑んでささやいた。

「──本当は四六時中、抱きたいって思ってる。ドロドロのぐっちゃぐちゃに乱れさせたいし、俺なしじゃいられないくらいに早く惚れてくれればいいって思ってる」

「ぁっ……！」

後ろから回った彼の手が、先ほどの潤みを残したままの花弁をなぞる。

中に指を挿れられ、じわりと官能を呼び起されて、あかりはぐっと唇を噛んだ。すぐにトロトロと潤み出す節操のない身体が恥ずかしく、せめて飴屋が好き勝手できないよう、太ももに力を入れる。

するとと彼が、耳元で甘く誘いをかけてきた。

「――なあ、もう一回ヤらして」

「……っ、駄目……」

「でもあかりの中、まだ熱くて濡れてる」

言われた言葉が恥ずかしいのに、「可愛い」と言われると身体の力が抜けていく。

触れられるだけで素直に開く身体は、心よりずっと正直だった。

「……っ……あ……っ！」

布団の上に再び押し倒され、勢いを取り戻した飴屋が再び中に挿入ってくる。

その首にしがみつきながら、あかりは溢れそうな気持ちを押し殺した。

(ああ、わたし……この人が好き)

彼の甘やかす言葉はじわじわとあかりの心を侵食して、いっそ何も考えずに委ねてしまいたい衝動にかられた。

今でも充分溺れているのに、これ以上好きになってしまったら、一体どうしたらいいのだろう。ふいにそんな強い不安にかられ、心の一部がヒヤリとする。

(そんなのは……駄目なのに)

そんなふうに考える一方、根元まで埋められたものの切っ先が最奥に当たって、あかりは甘い声を上げる。

反応を引き出すようにそこばかり責められ、シーツの上でやるせなく身をよじった。

「あっ……はぁっ、……や……っ」

「──おっと」

ふいに開け放した窓の外から郵便局のバイクがやってくる音がして、飴屋が片手であかりの口を塞ぐ。

驚いて身体をこわばらせた瞬間、バイクが家の前に停まって、階下で玄関の引き戸をガラガラと開ける音がした。

「飴屋さん、郵便でーす」

「……っ」

郵便局員は縁台に郵便物を置き、すぐに出ていったようだ。

走り去るバイクの音を聞きながら、彼はようやくあかりの口から手を離して笑った。

「二階に来ててよかったな。あのまま階下でヤってたら、ばっちり見られるところだった」

「……馬鹿」

間近で睨《にら》むと飴屋が軽く揺すり上げてきて、思わず「んっ」と声が漏れる。そのまま律動を再開され、あかりは喘《あえ》いだ。

「っ……んっ、……は……っ」

「勿体《もったい》なくて、見せられない。他の男に……こんなに色っぽいあかりは」

飴屋がひそやかに笑い、体重をかけてより深く剛直を押し込んでくる。

途端に強烈な快感が背筋を駆け上がり、あかりは声を上げて達した。たやすく絶頂を極めた身体は、なおも揺さぶられる動きに際限なく蜜を零す。

潤んだ目で飴屋を見上げた途端、すぐに唇を塞がれ、くぐもった声を漏らした。

「んっ……ふっ、ぅ……っ」

一度達しても、甘ったるい快感は持続していた。何もかも埋め尽くすように征服されるのが、今はひどく心地いい。

午後の明るい日差しが降り注ぐ中、あかりは飴屋の肩越しに部屋の天井をぼんやり見つめる。そして蟬《せみ》の声がうるさく響くのを聞きながら、そっと瞳を閉じた。


天気はときおり薄曇りの日を挟みながら、しばらく蒸し暑い日が続いた。

平日の朝十時前、自宅の固定電話が鳴ったのに気づいたあかりは、書斎で子機を取る。

「はい、奈良原です」

するとと電話の向こうの人物が呼びかけてきた。

『あかり？　お母さんよ。あなた、全然こっちに帰ってこないけど元気にやってるの』

その声を聞いた瞬間、面倒な相手から電話がきたと考えて顔をしかめつつ、あかりはいつもどおりに端的に答える。

「うん。元気」

『いきなり会社を辞めて実家に戻ってきたと思ったら、「家を買う」なんて言い出して。しかも辺鄙《へんぴ》な田舎で、引っ越したっきり全然帰ってこないじゃないの。そもそもね、女は自分で家なんて買わないものよ。それなのにあなたは』

あかりは冷えたお茶のグラスに口をつけながら電話の子機を耳に当て、パソコンのモニターを見る。

そしてニュースサイトを斜め読みし、気になる記事をいくつかピックアップした。

（昨日のドイツのＩＦＯは、九ヵ月ぶりの低水準……。地政学的リスクがじわじわときてるんだ、ふうん）

『――あかり、ちょっと聞いてるの？』

上の空の娘をまるでどこかから見ているかのように、母親が少し怒った声を出す。あかりはため息をついて答えた。

「この一年で、その話はもう何回も聞いたから。用件は何なの」

母の聡子《さとこ》は、良くいえば良妻賢母タイプだ。結婚して数十年、専業主婦として家庭の維持に努め、夫を支えて子どもを二人育て上げたのには素直に頭が下がる。

だがそんな彼女は、海外勤務から帰ってくるなり家を購入し、田舎に引っ込んでしまった娘のことがまったく理解できないらしい。あかりはマウスを動かしながら言った。

「借金して買ったわけじゃないのに、どうして怒られなきゃならないの。むしろ娘の甲斐性を喜ぶべきじゃない？」

『違うのよ。私が言いたいのはね、女なのに男みたいな行動をするあなたは、世の男性から見たら全然可愛げがないってことなのよ』

聡子の言葉は、いつもながらあかりの心をチクリと刺す。

（「可愛げがない」って……。まあ、確かにそうかもしれないけど）

彼女がこういった話を持ち出すときは、何かきっかけがあるはずだ。そう考えたあかりは、母に対して水を向けた。

「で、今日はどうして電話をしてきたの？」

『始兄《はじめ》さんのところの亜季《あき》ちゃん、結婚するんですって。しかもおめでたで、今三ヵ月だそうよ』

あかりはかすかに眉を上げ、マウスをクリックしてサブモニターにチャートを出しながら答える。

「そう。よかったね」

為替チャートの値動きを確かめたあかりは、パソコンのモニターを見つめて思案した。

（ユロドルは、夜のうちに結構下げたんだ。日足《ひあし》の直近安値を抜けちゃったから、一旦戻してからもっと下がるかも）

今後の相場を予想しつつ、あかりは年下の従妹の顔を思い浮かべる。

彼女は母方の伯父の娘で、確か年齢は二十六歳だ。幼い頃は遊んだ記憶があるが、ここ数年はまったく顔を合わせていない。

（そっか。だから電話してきたんだ）

聡子の電話は、あからさまな催促だ。

三十四歳である自分の娘がいまだに結婚していない事実は、彼女のプライドをいたく傷つけているらしい。きっと従妹の結婚も先を越されたと考え、勝手に焦って悔しくなっているに違いない。

そう考え、あかりは半ば呆《あき》れながら口を開いた。

「亜季ちゃんにはご祝儀とお祝いの品を贈るけど、結婚式には出ないから。うちからは遠いし」

『何言ってるの、あなたも出るのよ。ほら、あちらのご友人にいい人がいるかもしれないでしょう』

（ほら出た。そういうのが嫌なのに）

あかりはため息をつき、受話器の向こうの聡子に向かって言った。

「いい加減、すっぱり諦めてくれない？　わたしは結婚する気はないんだって、ずっと前から言ってるでしょ」

『もうっ、あなたはまたそんなこと言って。女の幸せは結婚なのよ、子どもを産んでこそ一人前なのに』

「あのね、そういう考えを口に出すのは気をつけないと、今はいろいろ問題になるから」

『知ってるわよ。あなた以外に言うわけないでしょ』

彼女に悪気はまったくない。本人は純粋に、行き遅れの娘の行く末を心配しているつもりなのだ。

〝結婚しない〟という選択をする人間が、聡子にはどうしても理解できないらしい。結婚も出産も個人の自由であるはずなのに、頑ななまでにあかりを自分の型に嵌《は》めようとする。

(まあ、人は誰しも自分の経験でしか物事を判断できないのかもしれないけど。お母さんは極端すぎるよね)

事あるごとにこうして電話をしてくるのは、勘弁してほしい。そう考えながらあかりがマウスを動かしたタイミングで、ふいに彼女が問いかけてきた。

『ところであなた、おつきあいしてる人はいないの？　今』

「えっ」

突然そう尋ねられ、あかりはドキリとして動きを止める。

咄嗟に浮かんだのは隣に住む飴屋の顔で、一瞬何と答えようか迷った。すると聡子が、ため息混じりに断定した。

『どうせいないんでしょうね。そんな田舎町で、素敵な出会いがあるはずもないし』

「う、うん。まあ」

曖昧な返事をしたあかりは、複雑な思いにかられる。

いないと思われたほうが、結婚はいつするのかなどと期待される面倒がなくていい。だがその半面、今後も嫌味を言われる理由になるのが悩みどころだ。

あかりはなだめる口調で言った。

「ねえ、別にわたしにこだわらなくても、孫ならもう航平《こうへい》のところにいるんだから充分でしょ。住んでいるところが遠くて、年に数回しか会えないかもしれないけど」

あかりの六つ年下の弟は三年前に結婚し、もうすぐ二歳になる子どもがいる。

だが遠方に住んでいて滅多に会えないため、彼女の中では孫としてリアルではないのかもしれない。

そう考えるあかりに対し、聡子は「そうじゃないの」と言った。

『娘が産んだ子と、お嫁さんが産んだ子は違うのよ。やっぱりほら、娘が産んだほうが感覚的に近いっていうか、お友達もみんなそう言うし。だからあなたに早く出産してほしくて』

（……ああ、もう）

埒《らち》が明かないと考えたあかりは、従妹にはこちらからお祝いを贈ること、そして結婚式には出ないことを告げ、「これから用事があるから」と言って通話を切った。

そして子機をデスクに置き、一息つく。外は薄曇りで、風がない今日はひどく湿度が高かった。天気予報では「天候の急変に注意」とあったため、これから雨が降るのかもしれない。

電話の内容を反芻《はんすう》し、ぼんやりと物思いに沈む。母親と話したあとは、いつもそうだ。理想を押しつけられることに辟易《へきえき》し、適当にあしらうものの、話し終えてからほんの少しだけ気が滅入る。

（わたしはそんなに恥ずかしい娘なのかな。親に迷惑をかけずに自立してるんだから、充分だと思うんだけど）

三十四歳で未婚なのは、そんなにも責められることだろうか。

結婚や子どもの話を出されるたび、あかりは自分の生き方を否定されているような気がして何ともいえない気持ちになっていた。おそらく聡子は、自身の発言が娘を傷つけていることに微塵《みじん》も気がついていない。あれこれ言われるのが嫌で実家から足が遠のいているものの、それすらもこちらの身勝手や我儘《わがまま》だと考えていそうだった。

（そういえば、航平と同じ歳なんだっけ）

飴屋が弟と同じ六歳下なのを思い出し、あかりは複雑な気持ちになる。

世間から見て、この年齢差はどうなのだろう。少なくとも彼の母親は、「そんなに年上の女なんて」と眉をひそめそうだ。

そこまで考え、あかりはふと馬鹿馬鹿しくなって苦く笑った。結婚願望がない自分は、飴屋の母親を気にする必要はない。

いつからかあかりの中では、自分の結婚は〝ないもの〟として位置づけられていた。笹井と別れたあと数人の男性とつきあったが、一度も結婚したいとは思わなかった。

それどころか、そうした雰囲気を匂わせられた途端、あかりはいつも逃げるように相手と別れていた。理由は笹井を完全に忘れていないこと、そして一度他人のものに手を出した自分が結婚を望むのはおこがましいという考えが根底にあるからだ。

今もその考えは、変わっていない。飴屋とつきあっていても正直その先に何かがあるとは思えず、結婚も出産も遠い他人事のようだった。

（でも、それなら──）

それなら今、彼とつきあう意味はあるのだろうか。

好きだという気持ちがあるからこそ飴屋の告白に応えたが、もし彼がいずれ結婚して家庭を持ちたいと考えているのならば、あかりはその時間を浪費させているだけの存在だといえる。

そこまで考え、ふいに鈍い頭痛を感じたあかりは顔をしかめた。

（頭痛薬、あったっけ）

聡子との電話ですっかり気が削がれ、はかどらない仕事に見切りをつけたあかりは、パソコンの電源を落として仕事部屋を出る。

リビングに行くと、掃きだし窓に胡坐をかいて座り、庭に向かってスケッチしている飴屋がいて驚いた。あかりは足を止め、彼に声をかける。

「いつ来たの？」

「さっき。花が終わる前に、スケッチしとこうと思って」

飴屋は図案用のスケッチブックを開き、鉛筆で庭の菖蒲《あやめ》を描いている。

それを見たあかりは、もしかすると先ほどの母親との電話の内容が聞こえてしまったかもしれないとチラリと考えた。仕事部屋はリビングから少し離れているために大丈夫だとは思うが、話していた内容を聞かれていたのだとしたら何となく気まずい。

あかりは誤魔化すように彼に問いかけた。

「仕事はいいの？」

「水元が終わって、今は乾き待ち。今日は湿度が高いから、なかなか乾かないかもな」

確かに今日は、ひどく蒸し暑い。

あかりは飴屋の背中に扇風機の風を向けてやり、傍に行ってその手元を覗き込んだ。するとスケッチブックには菖蒲の花が写実的に描かれていて、その出来栄えに思わずため息が漏れる。

「すごい、きれい」

「うん。でも実際に友禅の図案にするには、このままじゃ使えないんだ。作品にするときにはもっと線をシンプルにして強弱をつけず、一定の太さで描かなきゃいけない。今はまあ、スケッチだから描きやすく描いてるけど」

彼は黙々と写生を続ける。

仕事でもそうだが、何かの作業をしているときの飴屋の集中力は、目を瞠るばかりだ。普通にこちらと会話していても、見ている対象にものすごく集中しているのがその眼差しの強さでわかる。

あかりが息をひそめて手元を見つめていると、こちらにチラリと視線を向けた彼が小さく噴き出して言った。

「喋《しゃべ》っていいよ。何で黙ってんの？」

「喋ったら気が散っちゃって、絵を描くのに邪魔かなって思って」

「全然」

飴屋はページをめくり、今度は萩《はぎ》を描き始める。

普段は写真から図案を起こしたりもするらしいが、草花は肉眼で見たほうが枝葉の造形やニュアンスを捉えやすいのだと彼は語った。

「ここん家の庭はいいな。描きたいモチーフがいっぱいある」

「そう？」

「実物を見てスケッチできる機会なんて、わざわざ写生に行かないかぎりはほとんどないから。うちの敷地には、松が植わってるだけだし」

確かに飴屋の家は大きく敷地面積も広いものの、植栽などは一切なく、踏み固められた土と立派な松の木が一本あるだけだ。

「だから四季を感じる庭があるのがうらやましい」と言われ、そんなものかとあかりは考えた。

「…………」

会話が途切れて、彼が鉛筆を走らせる音だけが響く。

喋っていいと言われたものの、あかりは飴屋といるときの沈黙が嫌いではなかった。彼が何かに集中しているときの姿を前にすると、強く心を惹きつけられる。

黙って傍にいるだけで、母親との会話でささくれていた神経が徐々に落ち着いていくような気がした。あかりは隣に座る彼の二の腕に、そっと頭をもたせかける。すると飴屋が、庭に視線を向けたまま問いかけてきた。

「どうした？　眠い？」

「疲れただけ。……ちょっと頭が痛くて」

「だったら首、揉《も》んでやろうか」

「えっ？」

彼はスケッチブックを脇に置き、おもむろにこちらの腕を強く引っ張ってくる。

そして驚くあかりの上半身を自分の膝の上に横たえ、首と肩をマッサージし始めた。大きな手が絶妙な力加減で圧をかけてきて、あかりは思わず息を詰める。

「んっ」

「頭のつけ根や肩が凝ってると、頭痛がするっていうだろ。あかりは仕事で毎日パソコンに向かってるから、姿勢が悪くなってるのかもな」

（……気持ちいい）

飴屋の手で揉まれるうち、緊張していた筋肉が緩んでいく気がする。

しかも膝枕が、存外心地いいのが新鮮だ。凝った部分を揉み解される感覚と相まって、次第に眠気がこみ上げてくる。揉む力を緩めないまま、彼が問いかけてきた。

「力、強くない？」

「うん、ちょうどいい。……気持ちよくて、このまんま寝ちゃいそう」

「いいよ。俺が疲れさせてるのもあるし」

飴屋が笑い、あかりは昨夜のでき事を思い出してふと恥ずかしさをおぼえる。

昨日は彼を自宅の夕食に誘い、そのままなし崩しに抱き合った。真夜中に起きて一緒に風呂に入り、また火がついてしまった互いの身体に溺れて、眠ったのは明け方だったと思う。

それでもいつもどおりの時間に起きた朝食のあと、飴屋は「仕事をしてくる」と言って一旦自宅に戻り、もう〝水元〟という作業を終えてきたらしい。

引染後に熱を加えて色を定着させる〝蒸し〟という工程は昨日までに終わっており、次は文様部分への色移りを防ぐ目的で上に塗っていた糊《のり》を洗い落とさなければならず、その作業を〝水元〟というのだという。

大きな水槽で何度も水を換えながらやるらしいが、彼の自宅は元々農家だったせいか土間に排水溝があり、それが便利なのだと語った。

「本当は、水元は風呂の浴槽でやるのが一番いいんだけど。でもうちの風呂場は、開かずの間だから」

飴屋の言葉を聞いたあかりは、思わず噴き出す。彼が引っ越してきた日以降、あまりにも汚いトイレと風呂場は封印されたままだからだ。

（あれから一度も開けないままだなんて、何だかおかしい。でも、リフォームするお金がないならしょうがないか）

水元を終えた生地は軽く洗濯機で脱水をかけたあと、土間の天井に設置した物干しに大きく広げて屏風《びょうぶ》状に干してあるという。あかりはその光景を想像しながら言った。

「だからあんなに何本も、物干しが必要だったんだ」

「うん。土間が広くて作業しやすいし、水元をして脱水したものをすぐに干せるから、あの家は本当に俺にとって使い勝手がいい」

飴屋の手が心地よく、あかりの思考は次第に散漫になり、トロトロと眠気が襲ってくる。それに気づいた彼が、笑って言った。

「いいよ、眠いならこのまま寝ても」

「ううん。……今起きるから」

そうは言いつつも瞼《まぶた》は重くなるばかりで、なかなか起き上がることができない。

昨夜の寝不足も相まって、一気に睡魔が訪れていた。頬に触れる彼の体温に誘われるよ

うに、気がつけばあかりはそのまま緩やかな眠りに落ちていた。

＊＊＊

首と肩を揉んでやっているうち、膝の上のあかりの呼吸が深くなる。彼女が眠ってしまったのを確認した飴屋は、マッサージする手を止めた。

（……やっぱ疲れてたのかな）

穏やかな寝顔を見ると、つい頬が緩む。

こうして自分の前で無防備な姿を見せてくれるのが、飴屋はうれしかった。今日は結わずに下ろしている髪が、わずかに乱れて目元に掛かっている。それを払ってやりながら、飴屋は先ほど聞いた内容を思い出して目を伏せた。

（あれは……）

十分ほど前に自宅で水元の作業を終えた飴屋は、生地が乾くまでのあいだの空いた時間でスケッチをしようと思い立ち、あかりの家にやってきた。

庭に咲いている菖蒲は今まさに見頃で、描くには最適だ。しかし訪れた家のリビングに彼女の姿はなく、飴屋は台所から玄関に続く廊下のほうを何気なく覗き込んだ。

するとふいにドアが閉まっている部屋の中から、あかりが話している声が聞こえた。

『……ちゃんにはご祝儀とお祝いの品を贈るけど、結婚式には出ないから。うちからは遠いし』

どうやら彼女は仕事部屋で電話をしていたらしく、そこから漏れてくる声を飴屋はたまたま小耳に挟んでしまった。

『――いい加減、すっぱり諦めてくれない？　わたしは結婚する気はないんだって、ずっと前から言ってるでしょ』

彼女の声にはうんざりとした響きがあり、それを聞いた飴屋は思わず動きを止めた。

あかりはその後も電話の相手とやり取りをしていたが、ふと盗み聞きのようなことをしている自分にばつの悪さをおぼえ、飴屋は掃きだし窓まで戻ってスケッチブックを広げた。

そして半日陰に咲く芍薬を描き始めながら、彼女の言葉の意味について考えた。

あかりは「結婚する気はない」「ずっと前からそう意思表示をしている」と電話の相手に語っており、それを聞いた飴屋はショックを受けていた。

彼女と恋人同士になって以降、飴屋は日に日に強まる彼女への想いを自覚している。隣人とこんな関係になるのは正直言って予想外だったが、気が向いたときにすぐ会える距離は都合がよく、それでいて互いのプライバシーを保つことができ、毎日がとても充実していた。

まだつきあい始めて日が浅いため、この先のことを具体的に考えていたわけではない。それでも、愛情があればずっと一緒にいたいと考えるのは当然で、それはあかりも同じだと思っていた。

そうした考えの先にあるのが〝結婚〟ならば、飴屋の中で可能性は決して皆無ではない。年齢的にも、互いに今後を意識しながらつきあうのが当たり前だという価値観を持っている。

（でも、あかりにとってはそうじゃなかったんだな。俺とつきあっている状況でもあんな発言をするんだから）

心にあるのは、失望だろうか。

たまたま聞いてしまった彼女の本音に、飴屋は傷ついていた。まるで自分との関係があかりの中で軽いもののように思え、気持ちの比重が自分ばかり重いように感じて、寂しくなる。

やがて彼女が仕事部屋から出てきたとき、飴屋は咄嗟に表情を取り繕った。少し疲れた様子のあかりが頭痛を訴えたため、膝枕をして首と肩を揉んでやると、初めは遠慮していた彼女はやがて飴屋の膝の上でうとうとし、眠りに落ちてしまった。

こうして寝顔を見ていると、つい先ほど聞いた発言がよみがえり、沈んだ気持ちになる。あかりはああして「結婚する気はない」と言葉にしていたものの、飴屋は自分に向けてくれている彼女の好意が嘘だとは思えない。

あかりが恋愛に対して積極的ではないことに、飴屋は早い段階から気づいていた。それでも、彼女は飴屋に対して言葉で「好き」と言ってくれ、今はこんなにも無防備な姿を見せてくれている。

微笑む顔も、交わす言葉にも嘘など微塵も感じず、だからこそ日々愛情が募っていく一方だ。

（そうだ。あかりが俺と片手間につきあってるなら、もっと態度に出てるはずだ）

そう前向きに考えようとしつつも、飴屋の耳には先ほどのあかりのうんざりしたような声がへばりついて離れなかった。

結婚する気がないなら、彼女にとって自分との関係は刹那的なものにすぎないのかもしれない。ただ迫られたから、断りきれずつきあっているだけというのも充分考えられる。

（ああ、駄目だ。——やめよう）

考えているうちにネガティブな思考に陥りそうになり、飴屋は意図して大きく息を吐く。

こんなふうに言葉の断片だけを捉えて、すべてを判断しようとするのはよくない。あかりにはこれまで飴屋の知らない人生があり、どんな考えを持っていても彼女の自由だ。

たとえ「結婚したくない」と思うようなでき事が過去にあったのだとしても、飴屋はあかりを問い詰めるような真似はしたくなかった。

（少しずつでも、心に抱えているものを見せてくれたらいい。いつかあかりが安心して寄りかかれるような、そんな揺るぎない存在になりたい）

全部をこちらに預けてもらうには、おそらくまだ時間が必要なのだろう。

そう考え、飴屋は苦く笑う。膝の上に感じる重さとぬくもりが、いとおしかった。意識を切り替え、飴屋は持参した色鉛筆のケースの蓋を開けると、そのうちの一本を手に取る。

そしてスケッチブックに視線を落とし、先ほど描き上げたスケッチに色をつけるべく、目の前の作業に集中した。

＊＊＊

ふいに色鉛筆同士が触れ合うかすかな音が耳に飛び込んできて、あかりは目を覚ます。

視線を上げると、スケッチブックを抱えた飴屋が真剣な眼差しで彩色しているところだった。

眠っていたのは、時間としては三十分くらいだろうか。膝の上で寝落ちしてしまったあかりを、彼はずっとそのままにしておいてくれたらしい。自分が他人の膝の上でこんなにも無防備に眠れるとは思わず、あかりは驚いていた。

（いつの間にか、この人の気配が馴染んでる。……出会ってまだそんなに経っていないのに）

自分の変化が、あかりはひどく新鮮だった。

今までは集落の人間とそつなく接しつつ、パーソナルスペースには極力入れないように振る舞ってきたのに、気づけば飴屋は垣根を乗り越えて意外なほど近くまで来ている。

初めて出会ったときから彼はフレンドリーな態度だったが、人の感情に敏感で踏み込みすぎない節度があり、だからこそ警戒心を解いてしまったのかもしれない。

いつも泰然としてマイペースな飴屋は、話す言葉も思慮深く、六歳年下でも頼りなさを感じたことはこれまで一度もなかった。あかりの中にまだ躊躇いがあるのを察している彼は、「言いたくないことや過去のしがらみを、無理にこじ開けようとは思わない」と言って、こちら側に言えない事情があることに理解を示してくれた。

そんな言葉に甘える形で、あかりは笹井の存在を心の隅に抱えたまま飴屋とつきあっている。抱き合うたび、こうして何気ない時間を過ごすたびに彼に惹かれていく気持ちを、今も止めることができない。

（このまま、笹井さんを忘れられたら――）

心の全部で飴屋を好きになれたら、どんなにいいだろう。

先ほど電話をかけてきた聡子にも、堂々と「つきあっている人がいる」と報告できれば、彼女も安心するかもしれない。

（そんな願いを抱くのも、もしかしたらおこがましいことなのかな。わたしみたいな人間が人並みの恋愛をするなんて、図々しいのかもしれない）

そのとき飴屋がスケッチブックをひょいと上げ、驚いた表情で言う。

「何だ、起きてたのか」

あかりが目を開けているのに気づいた彼が、微笑んで見下ろしてくる。

「よく眠れた？」

「あ、うん。ごめんなさい、冗談じゃなく本当に寝ちゃったりして。あの、重くなかった？」

慌てるあかりを見つめ、彼が笑って答える。

「まあ、ちょっと足は痺《しび》れたかな」

「そ、そうだよね」

「嘘だよ。眠れてよかった」

飴屋の手が、今日は結わずに下ろしたままのあかりの髪を優しく撫でてくる。

頬をかすめたその手を捕まえ、強く握り込んだあかりは、自分の口元に持っていって目を閉じた。彼の手は身長に見合って大きく、いつも乾いていて温かい。几帳面《きちょうめん》に切り揃《そろ》えられた爪や、指が長いところが芸術家らしく端正で、好きなポイントのひとつだ。

飴屋はしばらく無言でそんなあかりを見下ろしていたが、やがて自由に動く指先で前髪をくすぐってくる。

「描いたの、ちょうど完成したけど、見る？」

「うん」

あかりはモソモソと起き上がり、彼からスケッチブックを受け取る。そしてページを見つめ、目を見開いた。

「わ、すごい……」

緻密なデッサンからわかる菖蒲の造形の美しさ、凛《りん》とした佇《たたず》まいや色彩のグラデーションに、思わずため息が漏れる。

花びらの一枚一枚まで丁寧に描かれた絵には、匂いまで漂ってきそうな風情があった。その見事な筆致は画家を本職にしても充分通用しそうで、友禅作家は基本的に絵も上手いのかとあかりは感心してしまう。

ページをめくると、そこには庭の風景をそのまま写し取ったかのような萩の茂みが描かれていた。繊細で優美な、流れるように枝垂れる葉の形と赤紫の小花は、色鉛筆だけで彩色したとは思えないほど写実的だ。

「……きれい」

「うん。一番満開のときに描きたかったから、今日時間があってよかった」

それ以上何も言えず、あかりはただ手元の絵を眺める。

――ものを作り出す飴屋の手を、心から尊敬する。手だけではなく、それを紡ぎ出す彼の感性を、ひどく眩《まぶ》しく特別なものに感じていた。

彼はそんなあかりの顔を見つめ、笑って言った。

「あかりの目は、口ほどに物を言うよな」

「えっ？」

「そういう無防備な顔が、もっと見たい。寝顔も、こうやって何でもないときの顔も、俺以外には見せないと思うとうれしいから」

自分が思いのほか感情を表に出しているのだとわかり、あかりは若干の居心地の悪さをおぼえる。

しかし決して嫌な気分ではなく、飴屋と目が合った途端、ふっと気持ちが緩むのを感じた。

（わたしも、悠介のいろんなところをもっと知りたい……）

視線で誘ったのは、どちらからだろう。

寄せられる唇はもうよく知っているようでいて、いつも初めてのときのようにあかりの心を疼《うず》かせる。

触れられる予感に睫毛《まつげ》を震わせ、あかりは甘やかな気持ちでそっと瞳を閉じた。

第八章

その日は朝からどんよりと曇っていて、生暖かい空気が気持ち悪かった。

雨が降り出す前に買い物に行こうと考えたあかりは自転車で出掛けたものの、行きはどうにか持った天気は帰る頃に一気に崩れた。

自宅まであと少しというところでバケツをひっくり返したような猛烈な雨に見舞われ、あかりは慌ててトタン屋根のついたバス停に逃げ込む。

自宅から一番近いこのバス停は、家の前を通る山道と市道が合流する地点にあり、駅からやって来た路線バスの終点になる。バス停の屋根の下には三人掛けの古いベンチが置かれていて、そこに座ったあかりは呆然《ぼうぜん》とどしゃ降りの雨を眺めた。

（すごい雨。一体いつ止むんだろ、これ）

一般的にゲリラ豪雨はすぐに止むといわれているが、目の前の激しい雨は一向に衰える気配がない。

ここに来るまでのわずかなあいだに全身がすっかり濡《ぬ》れてしまい、薄い素材のワンピースの生地が肌に貼りついていた。サンダル履きの足にも泥跳ねがあり、それを見つめたあかりはため息をつく。

終点で利用者はほとんどいないにもかかわらず、バス停の庇《ひさし》が無駄に広いのがありがたい。おかげで自転車をすっぽり入れることができたものの、雨が止まないことには身動きが取れず、途方に暮れた。

生暖かい空気は埃《ほこり》と水の臭いを含み、むせ返るような息苦しさを感じる。することもないあかりは、ぼんやりと物思いに沈んだ。

――一時間ほど前に買い物に行こうとしたとき、たまたま手が空いていた飴屋が「車を出そうか」と申し出てきた。

彼はさほど忙しくないときは毎回律儀にそう声をかけてくるが、この辺りにはスーパーがひとつしかなく、利用者も店員も皆顔見知りのため、あかりはいつも同行を断っている。

飴屋と一緒にいるところは、なるべく他人に見られたくない。幸いあかりと彼の家は集落のもっとも外れにあり、互いの家を行き来するのに関しては人目を気にしなくていい。

だがそれが他の場所となったら、話は別だ。狭い集落で結婚していない男女、しかも隣同士が一緒に買い物をしているところを見られたりしたら、きっと瞬く間に噂《うわさ》になってしまう。

(何でだろう。……悠介のことが、ちゃんと好きなのに)

暇を持て余したあかりは、自分の心情を冷静に分析してみる。

すると見えてきたのは、六歳年下の飴屋と交際している事実に対する後ろめたさ、そして彼に結婚する意志がないことを伝えていないという引け目だ。

たとえ飴屋に〝将来的に家庭を作りたい〟という願望があっても、あかりはそれに応えられない。だとすれば遠くない未来に、きっと彼との関係は終わりを迎えるだろう。

（いつか悠介がわたしに見切りをつけて他の誰かと幸せになっても、文句は言えない。それどころか、お互いに持ち家なんだから、もし彼があの家で新婚生活を始めたとしたら、わたしはすぐ傍でそれを見続けなきゃいけなくなる……）

想像するだけで苦い気持ちになり、あかりは目を伏せる。

そのとき往来を走ってきた一台の白い軽トラックが、バス停の前に停まった。短くクラクションを鳴らされ、あかりが驚いて顔を上げると、運転席の窓が開いて声をかけられる。

「何やってんの？　あかりさん。こんなとこで」

「……健司《けんじ》くん」

声をかけてきたのは、二十代前半の若い男性だ。

金色に近い髪を今風に整え、肌も褐色でどう見ても田舎にそぐわない風体の彼は、いつもあかりにいろいろお裾分けしてくれる近所の農家の息子だった。

「何って、見てのとおり雨宿り。買い物帰りに一気に降られちゃって」

「家まで送ってってやるよ。自転車、後ろに載せてやるから」

「いいの、気にしないで。もう少しで雨も止むと思うし」

自転車を荷台に載せる時点で健司がずぶ濡れになってしまうと考えたあかりは、慌てて断る。しかし彼は笑って答えた。

「遠慮すんなって。俺、今の時点でもうパンツまでぐっしょりだから、多少外に出ても変わんねーよ。畑にいたら急に降られちゃって、仕事にならないから帰ってきたとこなんだ」

健司が颯爽《さっそう》と軽トラックから降り、あかりの自転車を軽々と持ち上げて荷台に載せてしまう。そしてこちらを見て言った。

「ほら、早く乗れって」

「うん」

あかりは立ち上がり、急いで助手席に乗り込む。

雨に晒《さら》されたのはほんのわずかなあいだだったが、髪も服も再び濡れてしまった。ハンカチで押さえるように拭いていると、運転席に座った彼がフロントガラスを滝のように流れる雨を見つめ、「すっげーな、これ」とつぶやいた。

「農家にとっちゃ、恵みの雨だけどな。でもあんまり激しいと、作物が傷む」

「そうだよね」

売り物の野菜を作っている農家としては、多すぎる雨は気が気でないらしい。

濡れている健司にあかりがハンカチを差し出すと、彼は「いいよ」と言って笑った。もうさんざん濡れているから今さらだと言われ、少し申し訳ない気持ちになる。

飴屋ほどではないが健司もそこそこ背が高く、その身体は荷物が載った自転車を軽々と荷台に上げるくらいに筋肉質だ。農業高校を卒業し、実家のあるこの集落に戻ってきたという彼は、家業である生産農家を手伝っている。

現在はとうもろこしとかぼちゃ、トマトを作っているものの、将来的には市場にあまり流通しない珍しい作物に挑戦してみたいらしい。そのとき健司が、ふと思い出した顔で言った。

「そういやうちの母ちゃん、一昨日ぎっくり腰やっちゃってさ」

「えっ、そうなの？」

彼の母親は、あかりに会うたびに何かしらの野菜を持たせてくれる優しい女性だ。先日の葬式の手伝いのときには元気に動き回っていたが、ここ二、三日は顔を合わせていない。健司がぼやく口調で言った。

「一昨日コンテナを持ち上げようとしたときにグキッとやっちゃって、今は全然動けねーの。だからうち、人手が足りなくて大変なんだ。今は繁忙期だっつーのに」

彼は話しながら、軽トラックをUターンさせる。山に向かう緩やかな上り坂を二分ほど走ると、すぐに自宅に着いた。

助手席から降りたあかりは急いで家の中に入り、タオルを持ってくる。そして自転車を荷台から降ろしていた健司を玄関の庇の下に引っ張り込み、その頭をゴシゴシと拭いた。

するると彼は面倒くさそうな顔で言う。

「別にいいって言ってんのに」

「ううん、わたしの自転車をトラックに積んだせいで、もっと濡れちゃったんだから。健司くん、送ってくれて本当にありがとう。お母さんにお大事にって伝えて」

「うん。じゃあ、またな」

健司が軽トラックに乗り込み、走り去っていく。

それを見送り、あかりは家の前に置かれた自転車から濡れた荷物を降ろした。雨は断続的に強まったり弱まったりしていて、一向に止む気配がない。

買ってきたものを冷蔵庫にしまい、水滴が落ちた玄関の床を雑巾で拭きながら、あかりは濡れた服を着替えなければと考える。ワンピースは肌に纏《まと》わりついて気持ち悪く、髪も濡れて束になっていて、いっそシャワーを浴びたほうがいいかもしれない。

そのとき突然玄関のドアが開き、濡れた傘を手にした飴屋が姿を現した。彼は床を拭いているあかりを見つめ、口を開く。

「すごい雨だな。もし途中で往生してるなら、車で迎えに行こうかと思ってた」

「確かに往生してたんだけど、知ってる人がたまたま通りかかって家まで送ってくれたから、大丈夫」

あかりは雑巾を手に立ち上がり、ワンピースを着替えるべく踵《きびす》を返す。その瞬間、後ろから腕をつかんで引き寄せられ、ドキリとして足を止めた。

「……っ、何？」

「知り合いって、さっきの若い男？」

まさか健司といるところを飴屋に見られていたとは思わず、あかりは驚きながら頷《うなず》く。

「うん。いつもいろいろお裾分けをしてくれる、農家の息子さん。こっちから行くとバス停の近くにある瓦屋根の大きな農家なんだけど、市道の上のほうにも畑を持ってて、たまたま通りかかって『送るよ』って言われて」

「……仲がいいんだな」

彼の言葉にふと引っかかりをおぼえ、あかりは目の前の彼の顔をまじまじと見つめる。

すると飴屋が複雑な表情を浮かべているのが見て取れ、意外な気持ちになった。

（もしかして悠介、嫉妬してるの？）

いつも泰然として余裕のある彼にしては、珍しい反応だ。

とはいえわざわざ指摘してからかう気にはなれず、あかりは飴屋に向かって告げた。

「わたし、お風呂場に行って足を洗ってくる。雨が激しかったから、足首まで泥跳ねしちゃって」

それを聞いた彼がこちらを見下ろし、思わぬことを言った。

「――俺が洗ってやるよ」

＊　＊　＊

家で仕事をしていると急激に外が暗くなり、一気に雨が降り始めた。

作業の手を止めて立ち上がった飴屋は窓辺に近寄り、外を眺める。

（ゲリラ豪雨か。すごいな）

猛烈な勢いの雨は激しい音を立てながら降り注ぎ、窓ガラスに叩《たた》きつけられた無数の雨粒で風景が歪《ゆが》んで見えた。

ムッとして生暖かい空気には湿度があって、肌にベタベタと不快だ。飴屋は先ほど出掛けたあかりのことが、にわかに心配になっていた。自転車で買い物に出掛けるのは彼女の毎日の日課だが、一時間ほど経つ今もまだ帰ってきていない。

この様子では、帰ってくる途中で雨に当たってしまっただろうか。あまりにも突然降り始めたため、雨宿りをする場所を探すのは無理かもしれない。

（……車で迎えに行ったほうがいいかな）

幸い飴屋の車はピックアップタイプで、後ろの荷台に自転車を積むことができる。

そう考えたとき、飴屋は往来を走ってきた白い軽トラックが隣の敷地に入っていくのを見た。

（あれは——）

荷台に載っているのは、見慣れたあかりの自転車だ。

隣家の玄関先に停まった軽トラックから、金色に近い茶髪の若い男が降りてくる。同時に助手席からあかりが出てくるのが見え、飴屋は目を瞠《みは》った。

彼女はすぐに玄関を開け、急いだ様子で自宅に入っていく。若い男は雨に濡れるのも構わず、悠々とした動きで荷台から自転車を降ろしていた。

やがて家から出てきたあかりが男の腕をつかみ、強引に庇の下に身体を引っ張り込む。そしてタオルを彼の頭に被せ、自らゴシゴシと拭き始めた。

そのしぐさは甲斐甲斐《かいがい》しく、思いがけない光景を見てしまった飴屋は、ひどく動揺した。そうしながらも二人は何やら会話していて、ときおり笑顔が混じるのがひどく親密な印象だ。

あかりが自分以外の男にそんなふうに世話を焼くとは思わず、飴屋の中にモヤモヤとした気持ちがこみ上げていた。

（知り合いか？　一体どういう関係なんだろう）

やがて男が軽トラックに乗り込み、走り去っていく。

それを見送ったあかりは自転車の荷物を持ってすぐに自宅に入ってしまったが、飴屋はしばらく窓辺に佇《たたず》み、じっと考えた。

彼女にあんなふうに親しく言葉を交わす相手がいるのが、心底意外だった。今までそんな可能性についてまったく考えていなかった飴屋は、二人を見たときに感じたザラリとした気持ちを持て余す。

少し考え、このまま一人でモヤモヤしていても埒《らち》が明かないと考えた飴屋は、結局あかりの家に向かった。傘を差して外に出たものの、あまりにも雨の勢いが強くて地面からの跳ね返りがすごい。

あかりの家の玄関を開けると、彼女はちょうど玄関の床を拭いているところだった。案の定、雨に盛大にやられたのか、髪や着ているワンピースが濡れて肌に貼りついているのがわかる。

（そんな姿で、他の男の車に乗ったのか）

肌にぴったり貼りついたワンピースは身体の線をあらわにしていて、正直目の毒だ。

先ほどの男は近所の農家の息子らしく、彼女の説明を聞いた飴屋はつい「仲がいいんだな」と嫉妬のにじんだ言葉を返してしまった。

するとあかりがびっくりしたようにまじまじと見つめてきて、飴屋は自分の器の小ささに何ともいえない気持ちになった。風呂場で足を洗うという彼女に「自分が洗ってやる」と申し出たのは、ふつふつとこみ上げる独占欲を我慢できなくなったからだ。

バスルームの中、浴槽の縁にあかりを座らせた飴屋は、自身のデニムの裾をまくり上げてしゃがみ込む。シャワーヘッドを手に取ってお湯の温度調節をしていると、彼女が遠慮がちに言った。

「別に洗ってくれなくてもいいのに。自分でできるし」

自分でできることをわざわざ人にしてもらうのが、どうやら居心地が悪いらしい。飴屋は彼女を見つめて答えた。

「俺がしたいんだ」

あかりのロングワンピースの裾を膝までまくり上げ、ふくらはぎをむき出しにする。ほっそりとした脚は、肌も爪も抜かりなく手入れが行き届いていてきれいだ。飴屋はあえてスポンジを使わず、素手にボディソープを馴染《なじ》ませて、彼女の足の指一本一本、裏側や踝《くるぶし》、足首まで丁寧に洗う。

するとあかりが落ち着かない様子でわずかに身じろぎしたものの、気づかないふりで飴屋はシャワーのお湯を出した。そして自身の手についたぬめりを洗い流しながら問いかける。

「――結構親しいの？」

「えっ？」

「さっきの奴と」

彼女が眉を上げ、その反応を見た飴屋は自分の発言に後悔した。

（……あー、くそ。失敗した）

今の自分は、おかしい。

過去のつきあいでは交際相手を束縛したことなどなかったのに、知らない男と親しげにするあかりを見ただけで、こんなにも心乱されている。

嫉妬をするなんて、面倒な男だと思われるかもしれないが、心の中のモヤモヤを秘めておけなかった。そんな飴屋をしばらくじっと見つめ、彼女が口を開く。

「わたしが親しくしてるのはさっきの彼ではなくて、どちらかというとあの家のお母さん」

「えっ？」

「あと、お嫁さん。――彼、結婚してるから」

飴屋は驚いて口をつぐむ。

あかりが説明した。先ほどの男は名前を高畠《たかはた》健司といい、年齢は二十四歳だという。彼は高校を卒業してすぐに同級生と結婚しており、今は双子を含む三児の父親で、しかも妻のお腹には第四子が宿っているらしい。

それを聞いた飴屋は、毒気を抜かれたようにつぶやいた。

「じゃあ、本当にただのご近所さんなのか？」

「そう。今日は顔見知りのわたしが雨の中動けずにいたから、たまたまトラックに乗せてくれただけ」

彼女の言葉に、飴屋はシャワーヘッドを持ってしゃがみ込んだまま押し黙る。

二人の関係に疑う要素がないのはわかったものの、じわじわとばつの悪さがこみ上げ、顔を上げられなかった。

（……ダサすぎだろ）

珍しく抱いた嫉妬は、見当違いなものだった。

その事実に安堵《あんど》しつつも、同時に自身の狭量さを思い知らされた気がして、いたたまれなさをおぼえる。

「……恰好悪いな、俺」

思わず漏らした飴屋の言葉に、あかりがクスリと笑って問いかけてきた。

「もしかして、妬いた？」

「うん。あかりがあの男の頭を、タオルで拭いてやってたから……笑って話してたし、ものすごく仲がよさそうに見えて」

　正直なところ、今思い出してもあの光景にはモヤモヤする。そう考えながら飴屋は言葉を続けた。

「そうだよな。考えてみたらあかりに男の知り合いがいたって、全然不思議じゃない。俺より長くここに住んでるんだし」

「そこまでたくさんいるわけじゃないけど」

　集落のすべての人と知り合いなわけではなく、健司の家はかろうじて〝近所〟といえる範囲のため、他より若干親しいだけらしい。

　ふと視線を落とすとあかりのつま先が目に入り、飴屋は彼女の左足を手に取った。安堵した途端に触れたい気持ちがこみ上げ、形のいい踝をペロリと舐《な》める。

　するとあかりがドキリとしたように身体を震わせ、咄嗟《とっさ》につかまれた足を引こうとした。しかし飴屋はそれを許さず、足の甲からふくらはぎまで舌を這《は》わせていく。

「……っ」

　彼女の口から、押し殺した吐息が漏れる。

　それを聞いた瞬間、欲情のスイッチが入った。視線が絡み合ったのも束の間、飴屋は突然立ち上がると、あかりの手を引いて大股でバスルームを出る。

　脱衣所の隣はトイレで、そのさらに奥が彼女の寝室だ。ドアを開けて部屋に入った飴屋は、突然の展開に驚いた様子のあかりの身体を抱き寄せる。

「あ……」

何か言いかけた唇を、飴屋はキスで塞いだ。

ねじ込んだ舌で口蓋を舐めた途端、彼女がくぐもった声を漏らす。ベッドに押し倒し、濡れて湿ったワンピースのボタンを外そうとしたものの、ふと蒸し暑さを感じた。

飴屋がサイドテーブルに置かれたクーラーのリモコンを手に取り、慣れたしぐさで電源を入れると、あかりがそれを見つめながら言う。

「わたし、クーラーは手足が冷えすぎるから苦手って言ってるのに」

「冷えたらあっためてやるよ」

そう言って笑った飴屋は自身のTシャツに手を掛け、頭から脱ぐ。

あらわになった腹筋を、腕を伸ばした彼女がそろりと撫《な》でてきた。今すぐあかりに触れたくてたまらない飴屋は、その手をシーツに縫い留めて上に覆い被さる。すると彼女が、どこか楽しそうな顔で問いかけてきた。

「いつもよりせっかちなのは、やっぱりさっき嫉妬したから？」

指摘が図星だった飴屋は、ぐっと答えに詰まる。

普段はあかりとの間に、六歳の年の差は微塵《みじん》も感じない。むしろ余裕で彼女を支えられるようになりたいと思い、落ち着いた態度を心掛けているが、先ほどちっぽけな嫉妬の感情を表に出してしまったばかりに、もしかしたら心の中で呆《あき》れられているのかもしれない。

（……悔しいな）

年下だからという理由で侮られるのは、何だか癪《しゃく》だ。

そう考えながら、飴屋は噛《か》みつくようにあかりに口づける。

「……っ、んっ……」

口腔《こうこう》に押し入って舌を絡め、彼女の息が上がるまで甘い感触を貪る。

ワンピースの前ボタンをいくつか外してその下の肌を唇でなぞると、あかりの手が飴屋の髪を撫でてきた。どこかあやすようなそのしぐさに悔しさをおぼえ、飴屋はブラをずらしてあらわにした胸の先端に吸いつく。

「ぁ……っ」

強く吸い上げ、硬くなったそこを舌で押し潰したり、乳暈《にゅううん》を舌先でなぞるうち、彼女が息を乱す。

もう何度も抱き合っているのに、飴屋は一向にあかりの身体に飽きない。今までは仕事が優先で、恋愛に重点を置かずに生きてきたが、そんな自分がこれほどまでに相手に嵌《は》まるのは正直予想外だった。

（あかりが、簡単には落ちてきてくれないからかな。ガードが固くて俺を踏み込ませない部分があるのがわかるから、もどかしくてたまらないのかも）

だがこうして抱き合っているときは、彼女の視線が自分に向いているのを実感することができる。

そのときふいにあかりが上体を起こし、体勢を変えて飴屋の身体をベッドに押し倒してきた。

「……どうした？」

いきなりのことに飴屋が驚いていると、こちらの身体に乗り上げた彼女が身を屈めて自分からキスをしてくる。

小さな舌がぬるりと絡みついてきて、飴屋はそれを無言で受け止めた。こうしてあかりのほうから仕掛けてくるのは初めてで、わずかに戸惑いがこみ上げる。

彼女の手のひらが胸を撫で始めると、ますます困惑が深まった。もしかしなくても、自分は今あかりに攻められているのだろうか。

「あかり、待っ……」

飴屋の抗議をキスで塞いだ彼女が、胸から腹部を撫で下ろし、デニムのウエストに触れてくる。

そのまま手を下着の中に入れてきて、飴屋は息を詰めた。柔らかな手が熱くなりかけた屹立《きつりつ》に触れ、やんわりと握り込んでくる。

「……っ、は……」

幹の硬度がみるみる増し、亀頭のくびれの部分を刺激されると、思わず熱い息が漏れる。

屹立がすっかり充実したのを確かめたあかりが、飴屋のデニムのウエストをくつろげた。そして取り出したものを、おもむろに口に咥《くわ》え込む。

「……っ」

温かく濡れた口腔の感触に、飴屋はぐっと顔を歪める。

柔らかな舌が亀頭の丸みを舐め、裏筋をなぞった。吸いつかれる動きに強い快感をおぼえ、剛直が痛いほどに張り詰めていく。

喉奥まで深く含まれると、眩暈《めまい》がするような愉悦がこみ上げた。幹から亀頭、鈴口を這う舌の感触に息を乱しながら、飴屋は手を伸ばして彼女の髪に触れる。

（……すっげ）

ここまで積極的なあかりは、初めてだ。

指通りのいい髪を撫でるとますます彼女の愛撫に熱がこもり、飴屋はいとおしさをおぼえる。ときおりこみ上げる強烈な射精感に持っていかれそうになりつつも、達くことだけはかろうじてこらえた。

やがて顎が疲れたらしいあかりが、昂《たかぶ》りから口を離す。そして飴屋のデニムの尻ポケットを探り、避妊具を取り出した。

パッケージを開け、すっかり昂ったものに薄い膜を被せる様子を見守る飴屋は、いつになく積極的な彼女の姿に興奮していた。あかりが自身の下着を脱いでベッドの下に放り、こちらの腰に跨《また》がってくる。

ワンピースの前開きのボタンが半分ほど開いていて、そこから垣間見える白い胸の谷間と黒いブラが、ひどく煽情《せんじょう》的だ。彼女が蜜口に切っ先をあてがい、じわじわと体内に飴屋を迎え入れながら、押し殺した声を上げる。

「は、ぁっ……」

「……っ」

あかりの中は既に熱く潤んでいて、狭い内部に締めつけられる感触に思わず息を詰める。

柔襞が幹に絡みつき、わななく隘路《あいろ》にのみ込まれていく感覚は強烈で、飴屋はぐっと奥歯を嚙むことで快楽の波をやり過ごした。腰を揺らして剛直を受け入れながら、彼女が甘い声を漏らす。

「んっ……ぁっ、……は……っ……」

「……っ、きつ……」

根元までのみ込まれた飴屋が思わず呻《うめ》くと、それに呼応したようにあかりの中がきゅうっと窄《すぼ》まる。

内襞のぬめりが増し、色めいた息を吐いた彼女が、飴屋の胸に手をついて腰を揺らし始めた。

「ぁっ……んっ、……ぅっ……あっ……」

断続的に締めつけてくる隘路は、飴屋に得も言われぬ快感を与える。

愛液のぬめりで奥までなめらかに挿入るようになり、深いところに誘い込まれるたびに達ってしまいそうになるのを必死でこらえた。

（やばい、これ、よすぎだろ……）

普段は受け身のあかりが自分から動いてくれるのが新鮮で、その艶めかしさに欲情を煽《あお》られる。

大胆なことをしているのにときおり恥じらいが見えるのが色っぽく、一方的な行為に翻弄される飴屋は熱い息を漏らした。しかし次第に彼女のペースであることに悔しさがこみ上げ、飴屋はあかりを上に乗せたまま腕を伸ばす。

「あ……っ」

雨で湿ったワンピースの上から胸のふくらみを揉みしだくと、彼女が息を乱した。

繋がっている部分はまるで見えないものの、まくれ上がったワンピースの裾から覗《のぞ》く白い太ももが煽情的で、何も着ていないよりいやらしい。

飴屋が下から軽く揺すり上げると、あかりが「んっ」と眉根を寄せる。細い腰をつかみ、そのまま何度も突き上げる動きに、次第に彼女の声が切羽詰まったものになった。

「あっ……はぁっ……んっ……あ……っ！」

やがてあかりが、ビクリと背をしならせて達する。

その瞬間、危うく一緒に達きかけた飴屋は顔を歪め、腹筋の力を使って一気に起き上がった。そして彼女の腰を抱え、深いところを何度も穿《うが》つ。

「あっ、あっ」

あかりが飴屋の首に、強くしがみついてくる。

繋《つな》がったところはぬるぬるにぬかるんでいて、動くたびに淫らな水音が立った。突き入れるたびに屹立が隘路できつく締め上げられ、彼女が高い声を上げる。

思うさまあかりを啼《な》かせ、飴屋は彼女の耳元でささやいた。

「体勢、変えていい？」

「……っ」

あかりが頷き、飴屋は彼女の身体を仰向けにシーツに横たえる。

そして身を屈め、ブラをずらして胸のふくらみをあらわにすると、その先端に吸いつい
た。

「あっ……！」

適度な大きさのふくらみは弾力があって、形が美しい。

舌で先端を押し潰すと、敏感なそこはすぐに芯を持つ。舐めて吸い上げ、ときおり歯を
立てる動きに、内部が呼応して締めつけがきつくなった。

柔襞がわななきながら絡みついてくる感触が心地よく、飴屋は熱い息を吐く。いつしか
身体がすっかり汗ばんでいて、互いに乱れた着衣で繋がっているのがひどく淫靡《いんび》だった。

緩やかに律動を再開し、少しずつピッチを速めていく。隘路を行き来するたびに粘度の
ある水音が立ち、あかりが切れ切れに声を上げた。

「ぁっ……はっ、……んっ……あ……っ」

「奥、ビクビクしてる……また達きそう？」

彼女が何度も頷き、しがみつく手に力を込めてきて、飴屋は動きを激しくする。

あかりの甘い声もぬかるんだ内部の締めつけも、すべてが性感を高めて、果てを目指す動きを止めることができない。

何度目かの激しい突き上げのあと、飴屋がこみ上げる衝動のまま最奥で吐精するのと、彼女が再び達するのはほぼ同時だった。

「あ……っ！」

内壁がビクッと大きく震え、搾り取るような動きをして、飴屋は薄い膜の中にありったけの欲情を吐き出す。

そして深く息を吐き、荒い呼吸でぐったりとベッドに沈み込むあかりの上に身を屈め、その唇を塞いだ。

「……ぅっ、……ふ……っ……んっ……」

熱っぽい吐息を交ぜ、緩やかに舌を舐める。

唇を離した途端、間近でこちらを見つめた彼女が、ポツリとささやいた。

「……好き」

潤んだ眼差しでそう告白されて、飴屋の心が疼《うず》く。

こうしてあかりが気持ちを言葉にしてくれるだけで、うれしい。もしかしたら彼女は自分とのつきあいに積極的ではないのかもしれないが、こうして瞳に切実なほどの恋情を浮かべて口にする言葉が嘘だとは思えなかった。

「……ぎゅってして」

首に腕を回しながらねだられ、飴屋は微笑む。

「あかりは細いから、俺が力を入れると抱き潰しちゃいそうだ」

「いいの。もっと悠介にくっつきたい」

腕に抱き込んで隙間もないくらいに密着すると、あかりが充足のため息を漏らす。

飴屋もまた腕の中のぬくもりに満ち足りた気持ちになりつつ、苦笑いして言った。

「――こんなふうに甘えられると、あっさり骨抜きにされそうだな」

「えっ？」

「もう充分、ぞっこんだけど」

抱き合うたび、一緒に過ごす時間が長くなるたびに、飴屋の中のあかりへの想いは強くなる。

窓の外は、まだポツポツと雨の音がしていた。だいぶ弱まってきたそれを聞きながら、飴屋は愛してやまない恋人を抱く腕に力を込め、その髪に顔を埋めた。

＊　＊　＊

シャワーを浴びに行くという飴屋を見送り、あかりは気怠さを感じつつベッドに身体を起こす。

またもや日中の時間帯に抱き合ってしまい、何ともいえない気持ちになっていた。こんな展開になってしまったきっかけは、彼が健司と一緒にいたあかりを目撃したことだ。

二人の姿がだいぶ親しそうに見えてモヤモヤしていたというが、健司との関係がただのご近所にすぎないと説明すると、飴屋はばつの悪そうな表情になった。

「嫉妬した」と正直に申告してきたのが可愛くて、あかりは自分から彼を襲ってしまった。互いに満ち足りた時間だったものの、年齢を考えればもう少し節度を持つべきだったかもしれない。

着衣を直しながら、ふと雨の中バス停で考えていたことが頭をよぎった。飴屋がもし普通に結婚して家庭を持ちたいと考えているのなら、それを与えられない自分は彼と別れるしかない。それなのにこうして抱き合い、好きだと思う瞬間が増えていって、少しずつ焦りをおぼえている。

(狡いな、わたし。こんなことを考えながら、悠介とつきあっているなんて)

離れがたいほど好きだと思う一方、未来はないと思っている事実を、あかりはまだ飴屋に伝えていない。

そもそも笹井のことを話していない時点で、自分は充分狡い女なのだろう。それなのにもっと飴屋が欲しくてたまらないと思い、一分でも一秒でも長く彼が自分に執着してくればいいと、都合のいいことを考えている。

ため息をつき、シャワーは後回しにしてとりあえず衣服を直したあかりは、メールのチェックをするために仕事部屋に向かう。

パソコンを起動させて受信フォルダを開き、ふと〝藤堂真理絵《とうどうまりえ》〟という名前を見つけて、心臓が跳ねた。彼女は古い友人で、前職の同期の中で今も業界に残っている数少ない人間だ。あかりが最初に勤めた会社で今も働いていて、同業のアメリカ人と数年前に結婚している。

顔の広い真理絵は、あかりの友人の中で現在の笹井の動向を知ることができる唯一の人物だった。つまりもし彼に何かあった場合、こちらにその情報がもたらされるのは、彼女からということになる。

そのため真理絵からのメールがくると、あかりはいつも少し緊張していた。幸いタイトルは「久しぶり」というもののため、今回はそう悪い知らせがあるわけではなさそうだ。安堵しながらメールをクリックして開くと、約二ヵ月ぶりとなる便りの前半はごく他愛のない内容だった。

アメリカ人夫との近況、最近の相場観、共通の知人の結婚話や離婚の話題が続き、画面をスクロールしていったあかりは、「そうそう、笹井さんだけど」という書き出しにドキリとして手を止める。

『抗癌《がん》剤治療を断続的にしていて、今は自宅に戻っているんですって。最近はよっぽど悪くならないかぎり、自宅療養になるみたい』

笹井は、末期の癌だと聞いている。

全身に転移した癌が少し大きくなったら、そのたびに放射線や抗癌剤で治療するということを繰り返しているらしく、主に自宅で療養しているのだと書かれていた。

それを読んだあかりの胸が、強く締めつけられる。

（……わたし……）

彼の動向を聞くと、今もこれほどまでに動揺してしまう。

あかりと笹井の関係を知っている唯一の人間である真理絵は、こちらを気遣って「今すぐどうこうってことじゃないみたいだから、あまり落ち込まないでね」と書いていて、あかりはぼんやりと窓の外を眺める。

こんな些細《ささい》なメールでも揺さぶられる自分に、ひどくうんざりしていた。まだ身体の奥には、先ほどの飴屋との情事の余韻が生々しく残っている。それなのに今は別の男のことを考えている自分は、きっと不誠実な人間だ。

憂鬱な気持ちで画面をスクロールすると、メールの結び近くにはこう書かれていた。

『そういえば、駒野《こまの》くんは三ヵ月くらい前に退職したみたい。クビではないようだけど、想定《ノルマ》にいかないことが多かったようだから、それに近いものはあったのかも』

（……駒野くんが？）

駒野はあかりが一年半前、会社を辞める直前までつきあっていた相手だ。

同業だったが、別れる頃には成績が伸び悩んでいたため、あかりの中には納得できる気持ちがあった。

投資銀行のディーラーは結果を出せばかなりの高給が保障される職種だが、想定収益に達しない場合は即解雇もありうる。脱落していく人間は少なからずいて、自分から辞めていくのも珍しい話ではなかったが、やはり知っている人間が辞めたと聞くと微妙な気持ちになった。

駒野とは別れる直前、結婚話で揉めた。どうにか納得してもらって別れたものの、何となく後味が悪い気持ちが今もまだ心の片隅に残っている。

カーテン越しに外を見つめながら、あかりは笹井や駒野のことをぼんやりと考えた。雨は止んだものの、空にはまだ重い雲がたちこめていて、午後の部屋の中は薄暗い。バスルームで飴屋がシャワーを使っている音をかすかに聞きながら、あかりはしばらく動けず、仕事部屋で物思いに沈み続けた。

第九章

八月に入って数日、暑さはますます厳しくなり、今日の予想最高気温は三十三度となっている。

朝からじりじりと強い日差しが降り注ぐ中、あかりは水着を着た二人の五歳男児に向かって呼びかけた。

「ねえ、きっとまだお水、冷たいよ。入るのはもうちょっと待ってみたら？」

あかりの言葉に、彼らは大声で答えた。

「俺、平気ー！」

「俺もー！」

そっくり同じ顔をした男児たちが勢いよくビニールプールに飛び込んでいき、大きな水飛沫《しぶき》が立つ。

服に盛大に水を掛けられ、双子に一言文句を言おうとしたあかりだったが、すぐ横で二歳の女の子が泣き出したのに気づき、慌てて顔を覗《のぞ》き込んだ。

「亜子《あこ》ちゃん、泣かないで。顔に水が掛かっちゃったの？　もう、大《だい》ちゃんも晃《こう》ちゃんも、乱暴なことは駄目だよ。プールに飛び込むのは禁止！」

いつもは静かなあかりの自宅だが、今日はわんぱく盛りの子ども三人を迎えて騒がしい。

こちらの叱責などお構いなしに、真っ黒に日焼けした五歳の双子は持ってきた玩具で水遊びを始めた。少し内気な二歳の妹はしばらく泣いていたものの、あかりがなだめると水着を着てそっとプールに入る。

（はあ、子どもって大変……）

とはいえ自分から誘ったことなので、仕方がない。

三人は、近所に住む高畠家の子どもたちだ。先日のゲリラ豪雨の日、バス停で往生していたときに健司に軽トラックで家まで送ってもらったため、あかりは彼の妻の奈緒《なお》にお礼の電話をした。

するとすっかり参った様子の彼女から、延々と愚痴を聞かされた。

『お義母さんがぎっくり腰やっちゃって全然動けないっていう話、健司から聞いた？　それなのにあたし、今は悪阻がひどくて、ご飯もろくに作れないの。大も晃も元気があり余って超うるさいし、亜子はちょっと赤ちゃん返りしてて、散らかり放題で地獄絵図なんだよ、家《うち》ん中』

〝地獄絵図〟という言葉に、あかりは悪いと思いながらもつい笑ってしまった。

奈緒は派手な見た目に反してしっかり家事をする女性で、農業で忙しい義両親や夫を支える良き妻だ。嫁姑《しゅうとめ》関係も良好で、健司の母親とは実の母子かと思うくらいに仲がいい。

ただ今回の妊娠は悪阻がきつく、まったく家事ができないのだという。そんなタイミングで義母がぎっくり腰になってしまい、家業が繁忙期で健司のフォローも頼めない状況だと聞いて、あかりは気の毒になった。

(そういえば家まで送ってもらったときも、健司くん、「大変だ」って言ってたっけ)

双子の大輝《だいき》と晃輝《こうき》は五歳のやんちゃ盛りで、二歳になったばかりの亜子は普段は奈緒にべったりであるものの、今回の妊娠をきっかけに少し気難しくなっているという。

幼稚園が夏休みで毎日が大変だという奈緒に、あかりは提案した。

「よかったら明日、三人をうちで預かろうか?」

かくして朝からあかりの家にやってきた子どもたちは、うんざりするくらいににぎやかだ。

この家には何度か来たことがあるため、彼らにはまったく遠慮がない。父親の健司が軽トラックで三人を送ってきたが、あかりがリクエストした大きなビニールプールもしっかり荷台に積んであった。

「悪いな、助かるよ。来る前に『いい子にしてろよ』って言い聞かせてあるけど、何かやらかしたら遠慮なく叱ってくれていいから」

健司は申し訳なさそうにそう言って、自分のところで採れた野菜や西瓜《すいか》を山のように置いていった。

夕方に迎えにくる予定のため、まだまだ先は長い。あかりはしばらくプールで遊ぶ子どもたちを眺めたあと、「さて」とつぶやいて踵《きびす》を返した。

（健司くん家のために、カレーでも作ろうかな。あ、子どもたちの分は甘口で作らなきゃ）

チキンカレーにしようと決め、下拵《ごしら》えするために冷蔵庫から鶏肉を取り出す。

ヨーグルトでマリネしたあと再び冷蔵庫にしまい、昼食を何にしようかと考えていると、ふいに庭から飴屋がやって来た。

「あかりの家から子どもの声がするから、何だろうと思って見に来たんだ。ずいぶんにぎやかなんだな」

「健司くん家の子どもたち。今日一日、預かることになったの」

「へえ」

双子は突然現れた飴屋を見上げ、目を丸くして「でっけー」とつぶやいている。

ふと気になったあかりが彼に身長を聞くと、飴屋が答えた。

「一八五センチ。無駄にでかいんだ、俺」

「すごい。欧米人並みだね」

かなり背が高いのはわかっていたが、まさかそれほどまでだとは思わなかった。そんなふうに考えるあかりを尻目に、彼は双子に向き直って言った。

「なあお前ら、俺もプールに入れて」

突然そんなふうに申し出られて戸惑うかと思いきや、人懐こい二人はキラキラと目を輝かせて答える。

「うん！」

「いいよ！」

サンダルを脱ぎ、ハーフパンツで足だけプールに入った飴屋は水に浮かんだ玩具を手に取ると、瞬く間に双子と打ち解けて遊び始める。

ふと見ると、彼に人見知りをした亜子があかりの脚にくっついてきていた。それを見たあかりは庭から銀の大盥《おおだらい》を持ってきて、そこに磁石のついた魚の模型を浮かべる。

そして亜子と一緒に釣りをしてしばらく遊んでいたが、じりじりとした暑さに汗がにじんだ。

（ふう、暑……）

気温はぐんぐん上がり、風がない今日はひどく蒸し暑い。

真っ青な空は雲ひとつなく澄み渡り、山から蟬《せみ》の鳴き声が大きく響いていた。ひとしきり遊んだあと、あかりは子どもたちに日陰に入るように声をかけ、「アイスと西瓜、どっちが食べたい？」と問いかけた。

「お父さんが持ってきてくれた西瓜、お庭で冷やしてあるけど」

「アイス！」

「アイス！」

「亜子ちゃんもアイスがいい？」

コクリと頷《うなず》く様子を可愛いと思いつつ、あかりは冷凍庫からアイスの箱を取り出して庭に戻る。そして飴屋にも一本手渡して言った。

「仕事は？　確か今、彩色してるって言ってたけど」

「うん。電熱器を使うからものすごく暑くて、さすがに今日みたいな気温だときつい」

友禅の〝色挿し〟と呼ばれる工程では、生地に描いた文様の部分に彩色をしつつ、机の下から電熱器の熱を当てるという。そうすることで染料を素早く乾燥させ、糸目の外へのにじみを防ぐらしい。

また、染料は熱のあるほうに自然と寄っていくため、電熱器を使えば生地の裏までしっかり染まるというメリットもあるようだ。だが今日のように蒸し暑い日はさすがに作業がつらいといい、「夕方涼しくなってから、夜にかけてやる」と飴屋は語った。

掃きだし窓に座って双子に挟まれている彼を、あかりはじっと見つめた。

（ふうん。子どもの扱いが上手いんだ）

大輝と晃輝はすっかり飴屋を気に入り、両側から畳みかけるように話しかけているが、彼は面倒がることもなく相手をしている。

傍からは親子のようにも見え、あかりはふと微笑ましさをおぼえた。キッチンに戻って料理をしながら庭の様子を眺め、ときおり些細《ささい》なことで泣く亜子をなだめているうちに昼になる。

「ご飯できたよ。一度水着を脱いでタオルで身体を拭いたあと、服を着て」

三人前の焼きそばを作ったものの、ふと少ないかもしれないと思い、小さめのおにぎりも握る。

あとはトマトときゅうりとひじきのゴマ酢和え、それに前日の残りの肉じゃがやなすの煮浸しを出して、健司にもらった西瓜も切る。

はしゃぐ双子たちを叱りながら、あかりは亜子の面倒を見て食事を終え、カレーの準備に取りかかった。双子と飴屋は、またプールに入って遊んでいる。亜子はリビングのテーブルでおとなしくお絵描きをしていて、おかげで料理がはかどった。

ポテトサラダを作るためのじゃがいもを茹でていると、ふいにTシャツを濡《ぬ》らした飴屋が台所にやって来る。

「参った、あいつらタフだわ。朝から遊んでるのに、全然テンションが下がらない」

「お疲れさま。悠介が双子と遊んでくれて、すごく助かってる。あの子たち、とにかく元気が有り余ってるから」

あかりは笑い、冷えたお茶をグラスに注いで飴屋に手渡す。

そしてポテトサラダに入れるために熱湯にさらしていた玉ねぎをザルに取り、水気をぎゅっと絞った。玉ねぎはごく薄くスライスして十分ほど熱湯にさらすことで、きつい臭いや辛みが取れ、入れたときの馴染《なじ》みがよくなる気がする。

あとの具材は、きゅうりとハム、ゆで卵で、じゃがいもはしっかりめの塩分で茹《ゆ》でて潰し、マヨネーズと少しの砂糖で味つけした。

（たくさん作ったから、半分は高畠さん家のお裾分け用にタッパーに入れて、残りは明日

の朝パンにのっけてトーストにしよう）

　ポテトサラダを作ったときの、ささやかな楽しみだ。

　食パンに塗って縁が焦げるまで焼くだけだが、温かくなったポテトサラダとカリッとしたパンの耳の食感がたまらない。

　お茶のグラスを手に作業を見つめていた飴屋が、目を輝かせて言った。

「美味そうだな、それ」

「ちょっと味見する？」

　出来上がったポテトサラダを指先につけて差し出すと、手首をつかんで口に入れた彼が「うん、美味い」とつぶやく。

　ついでに指先を思わせぶりに舌で舐《な》められ、あかりの顔がじわりと赤らんだ。いつまでも腕をつかんで離そうとしない彼に抗議しようとした瞬間、気がつくと台所に来ていた亜子が絵本を抱えてじっと二人を見つめている。

　あかりは慌てて飴屋を押しのけながら言った。

「亜子ちゃん、何？　絵本読んで欲しいの？」

　頷く彼女を促し、あかりはリビングに戻ろうとした。

　それと同時に、庭から双子の大きな声が聞こえる。

「兄ちゃーん！」

「早く来てー！」

あかりが飴屋に視線を向けると、彼は笑って空のグラスをシンクに置く。

「さて、行ってくるか」

「ごめんね。疲れたら、適当に休んでくれていいから」

「いいよ。どうせ日中は暇だし」

庭に向かう彼のしなやかな背中を、あかりは黙って見送る。

飴屋が双子と遊んでくれて、本当に助かった。彼がまったく無理をしているふうでなく、ごく自然にこの場に馴染んでいることに、なぜかあかりの胸がぎゅっとする。

（わたし、悠介にすっかり甘えてる。今までは何でも一人でやってきたのに）

それがいいのかどうか、あかりにはわからない。だが自分がほんの少し弱くなった気がして、幾分心許ない思いにかられる。

強い日差しに浮かぶ飴屋の背中は、肩甲骨が浮き出ていて大きかった。そこから目が離せず、あかりはしばらく彼の後ろ姿を眺め続けていた。

＊　＊　＊

「わあ、すっげー」

「兄ちゃん、他に何折れんの？」

暑さのピークがようやく過ぎつつある午後四時、飴屋はプール遊びに飽きた双子とあかりの家に入り、リビングのテーブルで折り紙をしていた。

　飴屋が作った作品を見た双子は、キラキラした目で感嘆の声を上げている。トンボやクワガタ、口が開く蛙《かえる》、鶏——あまり一般的ではないものを折り紙で折るのは、飴屋の密かな特技だ。以前、友人の子どもと遊んだときに動画で調べてマスターしたものだが、二人はすっかり魅了されてしまったらしい。

　一方のあかりは、リビングの床に敷いたマットの上で眠る亜子の傍に寄り添い、団扇でゆっくりと風を送ってやっていた。扇風機の風では手足が冷えすぎるという配慮なのか、団扇で扇ぎながら亜子を見る彼女の眼差しは母親のように優しい。

「ねー兄ちゃん、ここどうやるの？」

「ん？　ああ、これは……」

　折り方を最初から丁寧に教えてやると、双子は真剣に取り組み始める。

　今日一日ですっかり自分に懐いた彼らが、飴屋は可愛くて仕方がなかった。男の子らしくやんちゃな部分もあるが、注意すれば素直に聞いて従ってくれる。

　やがてでき上がった折り紙の生き物で、二人が仲よく遊び始めた。飴屋はソファから立ち上がり、あかりの傍に向かう。そして亜子のあどけない寝顔を覗き込み、思わず頬を緩ませた。

「……可愛いな」

　丸い頬、柔らかくて細い髪、ぷくぷくした手足など、二歳になったばかりの姿にはこの時期ならではの可愛さがある。

最初は飴屋に対して人見知りをしていた亜子だったが、時間の経過と共に徐々に打ち解け、午後にはお気に入りの人形を自分から見せてくれるようになっていた。「次に会うときは、もっと遊べたらいいな」と寝顔を見ながら考えていると、あかりが笑って言う。

「悠介は、いい保育士になれそうだね。子どもの扱いが上手くて」

「そうだな。俺も遊ぶのを楽しんでるし」

「折り紙、あんなにいろいろ折れるなんてびっくりした。手先が器用なのは、やっぱり芸術家だから？」

「どうだろう。あんまり役に立たない特技だけど」

手放しの賞賛を、飴屋は面映ゆく受け止める。

会話が途切れ、開け放した窓から吹き込むかすかな風を感じて、飴屋は庭に視線を向けた。置きっ放しのビニールプールには双子のプラスチック玩具がいくつか浮かんでいて、日中強い日差しが降り注いでいた庭は日陰になりつつある。

足を床に投げ出したまま外を眺めていた飴屋は、おもむろに口を開いた。

「――あかりはいい母親になりそうだな」

「えっ？」

「叱るときはちゃんと叱ってるし、細かいところに気がついて面倒見がいい。そうしてると、ほんとのお母さんみたいだ」

「…………」

飴屋の言葉を聞いたあかりが、複雑な表情で手元に視線を落とす。

何気なく発した言葉にそうした反応をされるとは思わず、飴屋は「あれ？」と考えた。

（もしかしたら、失言だったかな。そんな顔をさせるつもりはなかったんだけど）

彼女に結婚願望がないことは、飴屋は以前聞いて知っていた。

結婚をしないのなら、それは将来子どもを持つ意思もないということだ。たまたま電話で話しているのを小耳に挟んだため、盗み聞きをしてしまったような後ろめたさを抱いた飴屋は、彼女にその真意を確かめてはいない。

今の発言は、飴屋の本音だ。たとえよその子でも叱るべきところを叱ったり、眠っている横でずっと風を送ってやる姿には、あかりの愛情深さが垣間見えた。おそらく自分の子どもにもしっかり躾《しつけ》ができるのだろうと感じての発言だったが、彼女にしてみたら言われても困ることだったかもしれない。

（それなのにあんな言葉を口にしてしまって、俺はあかりに一体どんな答えを期待していたんだろう）

今は自分の恋人としてつきあっているはずのあかりだが、彼女の中では今も「結婚しない」という意志に変わりはないのだろうか。

そんなふうに考え、目を伏せた飴屋は気持ちを切り替えるように腰を上げる。そしてテーブルのところで遊んでいる双子に声をかけた。

「お前ら、プールの水を庭に撒《ま》くけど、一緒にやるか？」

二人が目を輝かせ、「やる！」と答えて立ち上がる。

飴屋は彼らと大騒ぎしながら畑や植栽に水を撒き、ビニールプールの空気を抜いた。そのあいだ、あかりは台所で高畠家に持たせる料理を詰めたり、濡れた水着を袋に入れたりと、忙しそうにしている。

やがて子どもたちの父親である健司が、軽トラックで迎えに来た。

「お前らいい子にしてたか？　騒ぎまくって迷惑かけてたんじゃねーだろうな」

「父ちゃん、おかえり！」

「兄ちゃんにいっぱい遊んでもらったよ！」

農作業で日焼けし、金に近い茶髪の彼は、今どきの若者にしか見えない。双子の言葉を聞いて「兄ちゃん？」とつぶやいた健司がこちらに視線を向け、あかりが説明した。

「うちのお隣に住んでる、飴屋さん。染色作家をしていて、今日は双子とずっと遊んでくれてたの」

飴屋は彼を見下ろし、軽く会釈をして自己紹介した。

「飴屋です。よろしく」

「高畠です、子どもたちがどうも。それにしても、染色作家か。そこの空き家に新しい人が引っ越してきたってのは聞いてたけど、ここみたいな田舎じゃ初めてだよ、そういう作家枠って」

健司は人懐こい笑みを浮かべ、年齢や出身地、仕事の内容などを矢継ぎ早に質問してくる。

正直なところ、以前あかりとの親密なやり取りを見たせいもあり、飴屋は彼に対して複雑な思いを抱いていた。しかし実際に話してみると、健司は嫌味のない明るい青年で好感が持てる。

彼は集落の青年会で異業種交流をしていると説明し、そこに飴屋を誘ってきた。

「一応、三十五歳までを若手ってことにして集まってるんだ。みんな気のいい奴ばっかりだしさ、飴屋さんも今度来てよ。ほぼ飲み会だから」

「わかった。ぜひよろしく」

元々飴屋は、大勢でわいわいやるのが嫌いではない。せっかく移り住んだこの地でも知り合いを多く作りたいと考えていたため、健司の誘いは渡りに船だった。

そうして庭先で二人で話し込んでいるあいだ、あかりは家に入り、健司に持たせる物や子どもたちの荷物を外にせっせと運んできていた。

「カレーは大人用の辛口と子ども用の甘口、それぞれ二つの鍋に分けてあるから。この大きなタッパーは夏野菜の揚げ浸しとポテトサラダ、汁漏れしないように気をつけて。それから餃子《ぎょうざ》三十個と衣をつけたクリームコロッケとフライは、冷凍してあるものだから帰ったら溶ける前に冷凍庫に入れてね」

彼女がかなり大きな紙袋が二つとカレーが入った鍋を渡すと、健司が笑顔になって言った。

「悪いな、世話になった上に、いっぱい食い物までもらっちゃって。奈緒も母ちゃんも喜ぶよ」

「ううん。わたしのほうこそ、いつもたくさんいただいてるから」

飴屋は「アドレスの交換をしよう」と健司に誘われ、スマートフォンを取り出す。ディスプレイをタップして彼の名前を登録していると、末っ子の亜子を抱っこした健司があかりと何やらヒソヒソと話していた。彼女の耳元で何かをささやき、腕で身体を小突くのを見て、飴屋はやっぱりこの二人は仲がいいのだと考える。

やがて彼は軽トラックに乗り込み、短くクラクションを鳴らした。窓から顔を出した双子が「兄ちゃん、またね」と手を振ってきて、飴屋は笑顔でそれに応えてやる。

走り出した軽トラックがカーブの向こうに消えていき、それを見送ったあかりがこちらを振り返って笑った。

「お疲れさま、今日は本当にありがとう。ずっと子どもの相手をしてて、疲れたでしょ」

「いや。少し涼しくなったし、仕事してくるかな」

「カレーあるけど、あとで食べる？」

「うん」

午後七時に再度戻ってくることを約束し、彼女と家の前で別れる。

予想外な一日になったが、子どもたちと遊ぶのは楽しかった。いい気分転換になったと思いながら、飴屋は自分の家に戻り、玄関の引き戸を開ける。

（さて、仕事するか）

戸口を開け放すため、入ってすぐのところで大きな蚊取り線香に火を点ける。

そして昼間よりほんの少し涼しくなった風が背後から土間に吹き込むのを感じつつ、自宅に上がった飴屋はやりかけの仕事に取り掛かった。

＊　＊　＊

一日中子どもたちの面倒を見るのを手伝ってくれた飴屋が、自宅で仕事をするために背を向けて去っていく。

それを見送り、少し仕事をしようと思いながら家に入ったあかりだったが、何となく疲れをおぼえて庭に面した掃きだし窓に座った。

先ほどは飴屋と健司が思いがけず友好的な空気を醸し出していて、あかりは内心ホッとしていた。先日、健司とのやり取りを見た飴屋が「嫉妬した」と語っていたため、正直顔を合わせるのはどうなのかと考えていた。

しかし彼のコミュニケーション能力が高く、健司も明るい性格のため、心配は杞憂《きゆう》だったらしい。

（これをきっかけに、悠介も集落に馴染めるといいな。健司くんは顔が広いから、上手く

他の人たちに紹介してくれそう）

　そんな健司は、帰る直前にあかりを引っ張ってヒソヒソと言った。

『なあ、飴屋さんってイケメンじゃん？　背が高くて性格も良さそうだし、狙うしかねーよ』

『別に、そんなんじゃないから』

『馬鹿、頑張れって。こんな田舎じゃろくな出会いもないんだから、有望なのはさっさと唾つけとかないと横から掻《か》っ攫《さら》われるだろ。あかりさん、年増だけど美人だから大丈夫だよ。押せば絶対男は落ちる』

　言いたい放題の健司はあかりを励ますように腕を小突き、返事も聞かずに軽トラックに乗り込むと、さっさと走り去ってしまった。

（どさくさ紛れに〝年増〟とか言っちゃって。……まあ、健司くんから見たらわたしは十歳年上だから、そのとおりだろうけど）

　あそこまで明け透けに言われると、もう怒りも湧いてこない。

「実はもう飴屋とつきあっている」と話せばよかったのかもしれないが、あかりはそれを素直に口にできなかった。だが健司が飴屋と親しくなればおのずとばれてしまうことで、暗澹《あんたん》たる気持ちにかられる。

（結婚する気がないなら、なるべく早く悠介との関係を終わらせたほうがいいのかな。彼の時間を無駄にさせているってことだし）

あかりはサッシにもたれ、ぼんやり庭を眺める。

プールの水を撒いた庭は瑞々《みずみず》しく、樹木の幹は色を濃くして、草花が葉先から雫《しずく》を落としていた。ようやく涼しくなってきた風がかすかに吹き抜け、コンクリートタイルの上に溜《た》まった水の表面がさざめくように揺れている。

――眠る亜子の傍で話したとき、飴屋は「あかりはいい母親になりそうだ」と語った。叱るときはちゃんと叱っていて、面倒見がいい。そうしているとまるで本当の母親のようだと。

おそらく彼は、褒め言葉としてそう言ったのだろう。しかしそれを聞いたあかりは、複雑だった。なぜなら自分は、結婚も出産もする気がないからだ。

あのような発言をするということは、飴屋は家庭を持つことを当たり前に考えているに違いない。どうやら彼は子ども好きらしく、双子とは自然体で接していて優しかった。年齢的にも結婚しておかしくはなく、今日の様子ではとてもいい父親になりそうだ。

そう考え、あかりはじっとうつむいた。

(だとしたら、わたしはいつまでも悠介と一緒にいられないな。しかるべき時期に、自分から別れを切り出さなきゃいけないかもしれない)

本当はその前に、腹を割って話し合うべきなのだろう。しばらく前からわかっていたのに、先延ばしにしていた自分の狡《ずる》さを、あかりは苦く嚙《か》みしめる。

彼を好きな気持ちは、本当だ。だがその反面、あかりは集落の人々や健司に自分たちの関係を知られたくないと考えていた。いずれ別れるのだから、できるだけ飴屋の周囲に痕跡を残さないように努めているというのが正しいかもしれない。

この地に引っ越してきたときから、あかりはここでずっと一人で暮らしていくのだと考えていた。笹井が病気で余命がわずかだと知り、それまで頑張っていた仕事も虚しくなって辞めて、ここでの暮らしはあかりにとっていわば〝余生〟のようなものだった。

それなのに飴屋と出会い、彼が隣に引っ越してきたことで、日常がガラリと変わった。恋人同士になって互いの生活が密接になり、気づけばこんなにも近くにいる現実に罪悪感をおぼえている。

（罪悪感……？）

ふと心に浮かんだ言葉の意味について、あかりは深く考える。

飴屋と恋愛する以前から、自分の心の中には笹井がいた。彼の存在は切り離せないほど深く心の中に入り込んでいて、今もまったく吹っきれておらず、そんな人間が別の男性に恋をするのはおこがましいのではないか。

そもそも妻帯者である笹井に手を出してしまったときから、あかりは自分が幸せになる資格がない人間だと感じていた。

（ああ、そっか。――だから）

これまで感じていたモヤモヤの理由が、ふいにストンと腑《ふ》に落ちる。

集落の人たちに飴屋との仲を知られたくないと考えていたのは、あかりの中で彼との関係が限りあるものだったからだ。自分は彼と釣り合っておらず、幸せになってはいけない人間だと思っているから、飴屋との関係に先はないと思っている。

笹井を忘れていないことが、問題なのではなかった。そもそもがふさわしくない人間なのだから飴屋に手を伸ばしてはいけなかったのだと、あかりは今頃になって気づいた。

「…………」

唐突に辿《たど》り着いた真実に、あかりは身じろぎもせず目の前の庭を見つめる。

つい先ほどまで飴屋と過ごしていた時間が、急に遠い昔のように感じていた。ずっと自分の中の躊躇《ためら》いに気づきながら、あかりはあえてそこから目をそらしていた。彼が好意を向けてくれたのがうれしくて、自分も飴屋が好きで——踏み出したくせに終わりに怯えていたのは、心の底でいつかこうなることがわかっていたからかもしれない。

一分でも一秒でも長く、彼との関係が続けばいいと考えていた。日を追うごとに好きな気持ちが高まり、「すべてを預けてくれるまで待つ」と言った飴屋の言葉に甘え、正面から問題に向き合うのを先延ばしにしていた。

だが今思えば、それは身勝手な欲望だ。

（……あのとき、後悔したくせに）

恋心を抑えておけず、妻帯者である笹井に手を伸ばして、結果的に彼を苦しめてしまった。

あのとき「笹井の家族に顔向けができない」と深く後悔したはずなのに、どうして四年経ったくらいで飴屋を好きになってもいいと考えたのだろう。

笹井のあとにつきあった相手も、そうだった。結婚する気もないのに、心の空隙を埋めるためにあかりは何人もの男性とつきあった。相手の好意に甘え、そのくせ結婚を匂わされると途端に逃げ出していた自分の傲慢さを、あかりは苦く噛みしめる。

(わたしって、すごく嫌な人間だったんだ。今まで無自覚にやっていたんだから、余計に性質が悪い)

昼間あれだけにぎやかだったことが嘘《うそ》のように、庭は静まり返っていた。

見上げた空は抜けるように澄んでいて高く、沈みかけた夕陽が山の端《は》から徐々にオレンジ色に染めていく。

もうとっくに答えは出ていたのだと、あかりは考えた。どんなに飴屋が好きでも、離れがたいと思っていても——。

(わたしは、悠介を……諦めるべきなんだ)

一度自覚してしまったら、その考えを無視できない。

気づかないふりをしてつきあい続けていくのは、こちらに真剣に向き合ってくれている彼に対して失礼だからだ。

そう結論を出した端から、痛みが心を疼《うず》かせる。飴屋と触れ合ったときに感じたぬくもり、彼の肌の匂い、声も手の大きさも何もかも、今もこんなに好きなのに手放さなくてはならない。

（大丈夫。遅かれ早かれこうなるってわかっていたんだし、つきあっていた人と別れるのはこれが初めてじゃないんだから）

いつか別れるのは最初から覚悟していて、それが今になっただけだ。

あかりと別れたあとの飴屋が他の誰かとつきあい、いずれ結婚してあの家で生活を始めるのだとしても、それを見ながらここで生きていく。

（しょうがないよね。わたしの居場所は、ここにしかないんだもの）

山から吹き抜ける風は昼間の暑さを払拭し、夜気を含んで少しひんやりとしていた。

徐々に降りてくる夜の帳の中、あかりは庭を見つめ、しばらくそのまま風に吹かれ続けた。


それからあかりは、意図して飴屋と距離を取るようになった。

会えば笑って普通に会話し、今までどおり風呂やトイレも貸す。だが自分から飴屋の家に行くのをやめ、色めいた雰囲気になりそうなときにはさりげなくそれを回避した。

昼間の時間帯は、極力仕事をすることにしている。こちらが専門書を読んでいるときは彼は気を使って話しかけてこないため、リビングで読書をする時間が増えた。

おそらく飴屋は、あかりの仕事が急に忙しくなったと考えているに違いない。実際は仕事量はまったく変わっていないものの、こちらの〝忙しいふり〟は今のところ成功している。

ふいに廊下のほうでトイレのドアが閉まる音が聞こえ、仕事部屋でパソコンに向かっていたあかりはタイピングする手を止めた。この家でトイレを使うのは、自分以外には飴屋だけだ。彼の気配を感じると重苦しい気持ちになり、デスクに肘をついて目を伏せる。

飴屋はこの仕事部屋には、決して入ってこない。最初に家に出入りするときにした約束を固く守っていて、寝室や居間には入ってもここだけは勝手に開けたことがなかった。

彼なりにこちらの仕事を尊重してくれているのだろうが、この部屋にいれば顔を合わせなくて済むため、あかりは心からホッとしていた。

家が隣同士というのが、やはりネックだ。せめて飴屋が自宅の風呂とトイレをリフォームし、この家に来る理由がなくなればおのずと顔を合わせる機会が減るものの、収入に波があるためすぐにどうこうはできないらしい。

（こんなふうに悠介を避けても、何にもならないのはわかってるのに。わたし、いつまでグダグダしてるんだろう）

煮えきらない態度を取る自分に、苦い思いがこみ上げる。

できるかぎり彼を傷つけたくないという思いが強くあり、別れを告げるのを先延ばしにしている。それは本音であり、詭弁《きべん》でもあると、自分でもよくわかっていた。

こうしてはぐらかすくらいなら、「もう男女のつきあいはやめよう」とはっきり言うべきだ。今は何となく忙しいふりをして誤魔化せていても、飴屋はいずれこちらの態度をおかしいと思うようになるに違いない。

それでも言えずにグズグズしているのは、おそらくあかりの中にまだ飴屋への未練があるからだ。彼への気持ちは、今もまったく色褪《あ》せてはいない。あの手この手で接触するのを避けながらも、気がつけば飴屋の手を恋しいと思っている。

彼が傍に来るたびに高鳴る胸の鼓動を、何気ない顔の下に押し殺している。

(でも、いい加減ちゃんと話さないと)

ただの〝隣人〟に戻るには、やはりきちんと話をしなければ駄目だ。

そう決意したあかりは、昼を過ぎた午後一時に外で自分の車のエンジンをかける。車内に熱気がこもっているため、空調が効くまで一旦家に戻ろうとすると、隣家からサンダルを突っかけた飴屋がやって来て声をかけてきた。

「車を出すなんて、珍しいな。どっか行くの？」

「ちょっと用があって、実家まで。帰る時間はわからないから、家の鍵は閉めていくけど、大丈夫？」

「それは全然構わない」

今日は従妹の結婚祝いを買いに百貨店に行き、その足でご祝儀と一緒に実家まで持っていく予定だった。

直接従妹に郵送するつもりで実家に電話をしたところ、母親に「たまにはうちに顔を出しなさい」と怒られて、急遽《きゅうきょ》そういうことになった。

確かにここ半年ほど、あかりは何だかんだと理由をつけて実家に帰っていない。気は進まないものの、お祝いを預けがてら顔を出すことに決め、今こうして準備している。

自宅の窓をすべて閉め、玄関にも施錠したあかりは、バッグを手に車に向かった。すると見送るつもりなのか、飴屋がまだ先ほどのところに立っている。

何気ない表情で運転席に乗り込もうとした瞬間、ふいに腕をつかまれ、ドキリと心臓が跳ねた。驚いて身体を硬くするあかりを見下ろし、飴屋が言う。

「――最近忙しくしてるみたいだけど、疲れてる？」

切り込むような問いかけに、一瞬何と答えようか迷い、あかりは言いよどむ。しかしすぐに何食わぬ表情を取り繕い、彼に笑顔を向けた。

「確かに仕事は忙しいけど、体調は別に。どうして？」

「…………。いや」

笑って答えるこちらを見て、張り詰めていた彼の雰囲気が幾分和らいだ。あかりは微笑み、精一杯明るく言った。

「心配してくれて、ありがとう。いってきます」

「ああ。気をつけて」

運転席に乗り込んでシートベルトを締めたあかりは、車を発進させる。

あえてバックミラーを見ずに運転し、いくつかのカーブを曲がって健司の家の辺りまで来たとき、ようやく深く息を吐いた。

（さっきはびっくりした。いきなり腕をつかんでくるなんて）

先ほどの飴屋の言葉は、こちらの忙しさを気遣ってのものだろうか。それともあかりが意図的に接触を避けているのを、肌で感じ取ってのものだろうか。

彼の言葉を聞いた瞬間、後ろめたいところがあるあかりは咄嗟《とっさ》に応えることができなかった。少し考えて、やはり飴屋はこちらの変化に気づいているに違いないという結論に達する。そうでなければ、きっとあんな言い方はしない。

（だったらもう、これ以上誤魔化すのは無理だよね。……ちゃんと話をしないと）

ハンドルを握りながら、あかりはかすかに顔を歪《ゆが》める。

最初から逃げ回ったりせず、自分の考えをはっきり伝えるべきだった。中途半端な真似をするから彼が気を回しているのだと考えると、申し訳ない気持ちがこみ上げる。

ただの〝隣人〟になりたいのだと告げたら、彼は一体どんな顔をするだろう。こちらの一方的な都合で飴屋を深く傷つけるかもしれないと思うと、あかりの心がシクリと痛んだ。それでも言わないわけにはいかないのだと、自分自身に言い聞かせる。

先ほど触れた大きな手の感触を思い出し、胸が強く締めつけられた。憂鬱な気持ちを押し殺し、あかりは前方を見ながら、ハンドルを握る手に力を込めた。

＊　＊　＊

どうもあかりに、避けられているような気がする。それはここ数日、飴屋の中にじわじわと湧きつつある考えだった。

(気のせいじゃないよな。俺が触ろうとすると、サッと逃げるし)

今日の彼女は、珍しく車で出掛けていった。聞けば従妹が結婚することになり、そのお祝いを買ったついでに実家に顔を出すらしい。

それを見送った飴屋は、釈然としないまま車が走り去った道の向こうに視線を向けた。朝からの曇り空は、昼を過ぎて雲が薄くなり、徐々に晴れ間が見えてきている。しかし今日はことさら蒸し暑さがひどく、高い湿度がべったりと肌に不快だ。山からの蝉の声が余計に暑さを助長して、顔をしかめた飴屋は踵を返し、自宅へと戻る。

開け放したままの引き戸をくぐり、サンダルを脱いで縁台から家に入った。広い座敷には、色挿しを終えてこれから〝蒸し〟の工程に入る生地と、わら半紙や不織布などが散乱している。

生地の文様部分を染料で挿しても、そのままだとただ生地に塗りつけた状態で色が定着しておらず、洗えばすぐに落ちてしまう。そのため、染料を固着させて完全に発色させるべく水蒸気と熱を加える、〝蒸し〟という工程が必要だった。

業者に依頼することも可能だが、それだと手間とお金がかかる都合上、飴屋の自宅にはセルフで行うための〝簡易蒸し器〟がある。

畳の上に座った飴屋は、不織布を手に取った。そして蒸し器に入れる事前準備として、生地と不織布を一緒に巻いていく。

　中心に厚めの芯を入れるのは、真ん中部分にもしっかり蒸気が回るようにし、柄同士が色移りしてしまう〝打ち合い〟を防ぐためだ。文様部分は色が打ち合わないように不織布を二枚にし、わら半紙も一緒に挟み込んで保護して、クルクルと巻いていく。

　巻き終わったら外側を不織布三枚ほどで巻き、さらに大きなもので包んで縛り上げた。生地に直接水がついてしまうと〝蒸しだれ〟が起こってその部分の色が流れてしまうため、濡らさないようにかなり厳重にしなければならない。

　そうしてでき上がったものを、銀色の長いロケットのような形状の簡易蒸し器に入れ、五十分ほど蒸す。キッチンタイマーをセットし、土間にしゃがみ込んで業務用コンロの火力を確認した飴屋は、そのままの姿勢でため息をついた。

　作業をしているときは手元に集中できるものの、こうして少し手が空くとついあかりのことを考えてしまう。

　ここ数日、彼女は飴屋に対してどこかよそよそしかった。話しかけると普通に答え、相変わらず風呂もトイレも貸してくれるが、正面からは視線を合わさず、飴屋は何となく接触を避けられているように感じた。

　日中のあかりは仕事部屋に引きこもり、室内からはパソコンのキーボードを叩《たた》く音が聞こえている。リビングにいるときは難しそうな専門書を読んでいるため、仕事が忙しいのかなと思った飴屋は、極力邪魔はするまいと考えていた。

だが違和感をおぼえたのは、すぐだった。飴屋が触れようとすると、彼女はさりげなく身体を離し、別の話題を振って誤魔化す。それまで当たり前にあったキスやスキンシップがなくなり、何よりあかりは自分から飴屋の家に来なくなった。

（……何か俺、あかりの気に障るようなことをしたっけ）

思い当たるのは数日前、健司の子どもたちが遊びに来たときのことだ。

あの日、飴屋は彼女に対し、「あかりはいい母親になりそうだ」と迂闊《うかつ》な発言をしてしまった。あかりが結婚に積極的ではないのを知っていたのに、あえてあんなことを言ってしまった自分に、忸怩《じくじ》たる思いがこみ上げる。

（あかりはああいうふうに言われて、嫌だったのかもしれない。もしくは俺がゆくゆくは結婚を求めていると思って、うんざりしたのかも）

それは半分外れて、半分当たっている。

飴屋は今すぐ彼女と結婚したいと思っているわけではなかったが、いずれそうなれたらいいと考えていた。

いつか互いに機が熟したとき、自然な形で〝結婚〟という関係を選択できたら――そう考えていたものの、その気のないあかりにとって子どもの話題は重かったかもしれない。

（そもそもあかりは、どうして結婚したくないって思ってるんだろう）

あの発言を小耳に挟んだときから、飴屋は彼女の過去が気になっていた。

こんな田舎に家を買い、「終の住処にするつもりでいる」と語ったあかりからは、どこか頑なな印象を受ける。おそらくはそう思いたくなるようなでき事が過去にあり、その結果がここでの暮らしなのだろう。

　何となくそう察しながらも、飴屋はその部分を彼女に深く問い質したことはなかった。

（彼女を追い詰めるのは、本意じゃない。全部を自分に預けてほしいなら、無理に過去を詮索するべきじゃないんだ）

　そう考え、知りたいと考える自分を、飴屋は抑え込む。

　先ほど疲れているのかと尋ねたとき、「どうして？」と答えたときのあかりの態度は普通に見えた。それを思い出し、飴屋は意図して深く息を吐く。

　マイナス思考を持つと疲れるという経験上、普段から前向きな考えを持つように心がけている。だから今回も、自分の気にしすぎなのだと結論づけた。

（そうだ。ここ数日のあかりは、単に仕事が立て込んでいただけかもしれない。彼女にも一人になりたいときがあるんだろうし）

　顔を見たいし触れたいとも思うが、隣だからこそなおさら適度な距離感を持つように気をつけるべきだろう。

　ならばこれからはあかりの真意を探ることはやめ、彼女に少しずつ心を許してもらえるよう努力していけばいい。そう決意して立ち上がった飴屋は、冷蔵庫から水のペットボトルを出して半分ほど飲み、一息つく。

　台所では換気扇が音を立てて回っているものの、蒸し器から発せられる熱が強く、家の中の空気はこもったままだった。

（あかりが帰ってくるのは、夜かな。久しぶりの外出と実家が、彼女の気晴らしになればいいけど）

時間が経って彼女の仕事の忙しさが解消されれば、きっと以前のような関係に戻れる。

そんなふうに気持ちに折り合いをつけた飴屋は、仕事の続きに取りかかった。

第十章

久しぶりに訪れた街中は、平日にもかかわらずかなりにぎわっていた。

田舎暮らしに馴染《なじ》んでしまったせいか、こんなに人が多いと酔ってしまいそうだ。そんなふうに考えつつ、パーキングに車を停めたあかりは百貨店を何軒か回って従妹の結婚祝いの品を吟味する。

テーブルウェアの専門店を訪れ、自分では買わないような少し高価な食器を見たものの、ティーセットとシャンパングラスを見比べてしばし悩んだ。

（ティーセットは、もし他の人と被ったら場所を取っちゃうかな。すごく可愛いけど）

あまり嵩張《かさば》らないほうがいいと考え、結局一番初めに手に取ったペアのシャンパングラスに決める。

熨斗《のし》付きの包装にしてもらって百貨店を出ると、ムッとした暑さに息苦しさを感じた。人も車も多いためか、自宅近辺よりひときわ暑く感じる。おまけに排気ガスのせいで、空気も濁った印象だ。

普段履かないヒールの靴で疲れをおぼえたあかりは、一時間ほどした頃にカフェに入って一休みした。歩いている人の数は多いのに、誰もが他人に無関心な乾いた空気は、都会ならではだ。

一年と少し前まで、あかりもそんな都会の暮らしにどっぷりと浸かっていた。それなのに今は居心地の悪い気持ちになっているのを、心底不思議に思う。

（もうきっと、こんなあくせくしたところでは暮らせないな。周りのペースについていけなさそうだもの）

ガムシロップを入れたアイスティーをストローで混ぜながら、あかりはぼんやりと考える。

人の多さも、仕事でキリキリするのも、のんびりした今の暮らしに慣れた身には到底耐えられないだろう。

それでもたまにしか来ないのだからと思い、あかりはその後あちこちの店を回っていくつか買い物をした。

実家への手土産のゼリーの他、一目で気に入ったミュールを衝動買いし、ワインショップでワインを二本購入して、すべてを車の後部座席に詰め込む。

そして車の多さに辟易《へきえき》しながら運転し、街中を抜けて実家に向かった。途中、勝手知ったる通りを抜けつつ、ふと道の片隅に貼ってある地方議員のポスターに目がいく。

〝地域が一番！　あめや浩介《こうすけ》〟と書かれたそのポスターには、三十代半ばくらいに見える男性議員の写真が載っていた。下に漢字でフルネームが書かれていて、その苗字は〝飴屋〟となっている。

（飴屋……？）

そういえば今走っているのは、飴屋の実家があるという区だ。

そこで信号が変わり、あかりは慌てて車を発進させる。珍しい苗字のため、彼と関係があるのかと、少し気になった。

やがて実家に着き、出迎えてくれた母親の聡子は、久しぶりに会ったが髪型以外はそう変わりがないように見えた。

元気そうな様子にホッとしつつ、あかりが先ほど購入したお祝いとご祝儀を預けると、途端に渋面でお説教が始まる。

「あなたもお式に出なさいよ。新郎さん、亜季ちゃんの七歳上なんですって。お友達や会社の方、きっと年齢的にあなたに合うわ」

「だから、そういうのはいいって言ってるでしょ」

懲りずに同じ話を繰り返す母親にそう答え、あかりは冷蔵庫からお茶を出しながら言葉を続ける。

「会場は街中のホテルなんだから、遠くて無理。今日だって自宅《うち》から街まで、二時間ちょっとかかったんだから」

「それはあなたが、あんな田舎なんかに家を買うからでしょ。せめて市内だったらよかったのに」

しばらくお決まりの文句のあと、あかりは聡子から甥《おい》っ子の写真を見せられる。

遠方に住んでいて滅多に会えないせいか、弟の妻が気を遣ってこまめに子どもの写真を送ってくれているらしい。

もうすぐ二歳の甥の姿を見て、あかりは「可愛い」と微笑んだ。健司のところの亜子に比べると、幼い顔をしている。

その面差しには弟に共通するところが多々あり、こんなにも似るものなのかと妙に感心してしまった。

向かいに座った聡子が、ため息交じりに言う。

「そっくりでしょ、航平に。こんなに可愛いのに、ろくに会えないんですものね。だからあなたに早く産んでほしいのに」

「このあいだも言ったけど、わたしは産まないから」

「どうしてそう決めつけるのよ」

しつこく食い下がってくる聡子に、あかりは苦笑して答える。

「この歳まで一人で気楽にやってきたら、もう誰かの面倒を見たりするのは無理だよ。わたしは経済的に男の人に頼りたいわけでもないし」

話しながら、あかりは頭の隅で自分の言葉の嘘を感じていた。

誰かの面倒を見るのは無理だと言いつつ、飴屋に食事を作ってやるのはまったく苦ではない。自分の分を作るついでというのもあるが、彼との関係においてはことさら相手に合わせようという意識はなく、ストレスに感じることもなかった。

（悠介が、図々しい性格じゃないからかな。ちゃんとわたしを立ててくれてる感じ）

つきあい始める前も、恋人になったあとも、飴屋はあかりの生活を尊重していた。

自宅の設備を使うときは必ず一言断り、食事に誘うといつも感謝の言葉を口にする。ひとつとして〝つきあっているから当たり前だ〟という態度を取ったことがなく、礼節を弁えている彼との関係はあかりにとってひどく心地よかった。

（でも――）

身体の相性がよく、生活のリズムも合うが、それでも飴屋とはもう別れるのだと心に決めている。

結局実家で小一時間ほど過ごし、あかりは夕方になって帰路についた。西日に目を細めつつハンドルを握り、今から帰ると自宅に着くのは夜の七時くらいかと考える。

これ以上、飴屋との話し合いを先延ばしにする気はない。今夜話をすると心に決め、重苦しい気持ちを抱えながら運転し、日がほとんど落ちかけた頃に自宅に着く。

いつもなら庭に面した窓を開け放すところだが、今日は蚊取り線香を出すのが億劫《おっくう》で、あかりは窓は開けずに珍しくクーラーの電源を入れた。

こもった熱気と湿度が煩わしく、設定温度をぐっと下げていると、ふいに外から掃きだし窓がノックされる。

窓を開けると、そこには片手にタオルとTシャツをぶら提げた飴屋がいた。

「おかえり。帰り、もっと遅いのかと思ってた」

「ただいま。シャワー、使いたいならどうぞ」

「うん」

飴屋がバスルームに姿を消し、あかりは仕事部屋に向かう。

そしてパソコンの電源を入れ、いくつかのメールの返信をした。キッチンに戻って買ってきたワインをしまっていたところで、風呂上がりの飴屋が洗面所を出てくる。

濡《ぬ》れ髪の彼が、タオルで頭を拭きながら問いかけてきた。

「実家はどうだった?」

「ちょっと疲れた。従妹の結婚祝いを買いに先に百貨店に行ったんだけど、人がすごく多くて」

飴屋の問いかけに答えながら、あかりは冷蔵庫から冷たいお茶を取り出し、グラスに注いで彼に手渡す。

もうひとつグラスを出して自分の分も注ぎながら、ふと思い出して言った。

「そういえば悠介の実家のあたりで議員のポスターを見たんだけど、〝飴屋〟っていう名前だったから驚いちゃった。あんまり見ない苗字だし、もしかして親戚かなって」

「若かった? それともおっさん?」

「えっと、三十代半ばくらい」

「じゃあ兄貴だ」

驚くあかりに、飴屋があっさり言った。

「実はうち、地方議員の家系なんだ。祖父さんの代からやってて、兄貴だけじゃなく親父もまだ現役」

飴屋の兄の浩介は現在三十六歳で、父親と同様に地方議員として政治活動をしているのだという。

意外な告白に目を丸くすると、彼が笑って言葉を続けた。

「俺は政治の世界に興味がないから、全然関係ない好きなことをやってるけど。兄貴は理想を強く持っていて、『いずれ国政に行きたい』とか言ってるよ」

「ふうん」

あかりの周りにはそうした家系の人はおらず、本当に意外だ。

ふと彼の手がこちらに伸びてきて、あかりはドキリとする。自然なしぐさで腰を抱き寄せられ、ボディソープの香りと飴屋の体温を間近に感じた。

一瞬このまま身を委ねてしまいたくなったものの、きちんと話をすると心に決めている。

深呼吸をしたあかりは、やんわりと彼の胸を押し返しつつ口を開いた。

「あの、わたし悠介に話があって」

「何？」

「もうやめたいの、こういう関係」

「――」

驚いたように自分を見下ろしてくる飴屋の視線を、あかりは痛いほど感じる。

心臓がドクドクと脈打ち、ひどく緊張していた。視線を上げて彼の表情を確かめる勇気がなく、顔を伏せたまま言葉を続ける。

「お隣さんとしては、これからも仲よくしていきたいって思ってる。トイレとお風呂もリフォームするまでは使ってくれて全然構わないし、友達っていう形ならいいかなって。でも、こういうのはもう」

飴屋はしばらく押し黙ったあと、問いかけてきた。

「そう思うようなきっかけって、何かあった？　たとえば俺が、何かあかりの気に障るようなことを言ったとか」

「ううん、何もない」

あかりは慌てて答えた。

「悠介は何も悪くない。わたしが勝手に、駄目になっただけで」

言いながらあかりは、重苦しさをおぼえる。

自分の中の混沌《こんとん》とした部分を、彼にすべて見せる勇気はない。結局言葉足らずになってしまうが、それでひどい女だと思われても仕方がないのだと腹を括っていた。

顔を上げたあかりは、精一杯軽い口調で言った。

「やっぱりわたし、性格的に一人が気楽なの。誰かと近い関係になるのが苦痛で」

「……………」

「だから――本当に勝手だけど、ごめんなさい」

　飴屋が重いため息をつき、あかりはドキリとして口をつぐむ。

　腰に回された手を解いてほしいのに、彼が一向に離そうとしないのが気にかかっていた。落ち着かない気持ちにかられたあかりは、身じろぎしながら言う。

「あの、離してもらっていい？　わたし……」

「ここ数日、俺を避けてたのは、だから？」

　切り込むような口調で問いかけられ、あかりは曖昧に頷《うなず》く。すると飴屋が言葉を続けた。

「普通に笑って話してるようでも、最近のあかりは俺と目を合わせなかったよな。難しい本を読んでたり、仕事部屋にこもってるのは、忙しいからなのかと思ってたけど」

「………………」

「なあ、あかりが抱えてるものを俺に打ち明けなくていいし、無理に捨てなくてもいいって言っても駄目なのか？」

　ふいに核心に迫るようなことを問いかけられ、驚きに目を見開く。

　彼の声にこちらを責める響きはなく、ただひたすら穏やかで、それを聞いたあかりの胸がぎゅっと苦しくなった。

　捨てられないからこそ、駄目なのだ。自分で自分を許せないから、これ以上飴屋とはつきあえない。そう思い、断腸の思いで答えた。

「……駄目だよ」

小さな声で告げると、彼が口をつぐむ。

長い沈黙のあいだ、飴屋が何を考えていたのかはあかりにはわからない。やがてどのくらいの時間が経ったのか、彼が再び口を開いた。

「ただの〝お隣さん〟になるほうが、あかりは楽なのか？」

「……うん」

「じゃあ最後に、俺のお願いを聞いてほしい」

「何？」

いきなりそんなことを言われ、ドキリとしながら問い返すと、飴屋が短く言った。

「――抱きたい」

思いがけない申し出に、あかりはかあっと頬を赤らめる。

もう別れるという話をしているのに、まさかそんなことを言われるとは思わず、どう反応していいかわからなかった。

だが飴屋にとってこの話が寝耳に水で、まだ納得できていないのなら、そういう発想になってもおかしくないのかもしれない。

（わたし……）

飴屋の今の気持ちを想像し、あかりは苦しくなる。

突然の話で混乱している状況の中、こちらを強く責めない彼は相当優しい男だ。そんな飴屋を傷つけている事実に罪悪感をおぼえつつも、拒否する言葉が出てこない。

むしろ自分も同じ気持ちだったのだと気づかされ、強い迷いがこみ上げる。

（こんなの、受け入れるべきじゃないってわかってる。でも、最後なら……）

これが最後なら、彼を求めても構わないだろうか。

もう今後誰とも恋愛をしないのなら、せめて今日だけは——そんな気持ちでいっぱいになり、あかりは視線を揺らす。

「………」

長い逡巡《しゅんじゅん》の末、あかりは無言で飴屋の背中に腕を回して抱きついた。

Tシャツ越しに硬い彼の身体の感触と体温を強く感じ、胸がいっぱいになる。飴屋はしばらく無言でこちらを見下ろしていたが、やがて口を開いた。

「——寝室に行こう」


窓が開いていない寝室には、昼間の蒸し熱い空気がわだかまっている。

カーテンは開いたままだったものの、部屋が暗いので構わないと思ったのか、飴屋がそのままベッドに向かった。

「ん……っ」

身体を強く引き寄せられ、キスで唇を塞がれる。

初めから深く押し入ってきた舌に、あかりの体温がじわりと上がった。舌を絡ませ、混ざり合った唾液を飲み下すたびに甘い吐息が漏れる。

大きな手で髪をかき混ぜられてうっすら目を開けると、間近でこちらを見つめる彼の視線に合い、ドキリとした。

「……は……っ」

息苦しさに小さく喘《あえ》ぐあかりから唇を離した飴屋が、こちらが着ているカットソーに手を掛け、頭から脱がせてきた。

身体を抱き寄せた彼が、胸の谷間にキスをしてくる。そのまま背中のホックを外してブラを床に落とし、飴屋があらわになった胸に唇を寄せてきた。

「あ……っ」

背がしなるほど強く引き寄せられ、ベッドの上に膝立ちになったあかりは先端を舐《な》められる。

もう片方の胸を揉《も》みしだかれ、頂を指の間にきゅっと挟まれた途端、思わず色めいた声が漏れた。

「はっ……ぁっ」

あかりは彼の首に腕を回し、まだ少し湿り気を帯びた髪に鼻先を埋める。

尖《とが》った胸の先端を執拗《しつよう》に舐められ、ときおり強く吸われる動きに、身体の奥が潤んでいくのを感じた。太ももを撫《な》で、スカートをまくり上げた手がストッキングを引き下ろす。

飴屋が下着に触れてきて、あかりはぎゅっと彼の頭を抱え込んだ。

「あっ……！」

下着越しに花弁をなぞられ、既に濡れている感触にいたたまれなさをおぼえる。

焦らすようにしばらくそこを撫でた指は、やがて下着のクロッチ部分をずらして横から侵入し、直接蜜口に触れてきた。

「……っ……ぁ、やぁっ……」

さほど触れられていないのに、しとどに濡れている自分の淫らさが恥ずかしい。

愛液のぬめりを塗り広げ、狭い下着の中を移動した飴屋の指が、やがて花芯に触れた。

尖ったそこを撫で、押し潰されるたびに甘い刺激が走って、蜜口がどんどん潤みを増していく。

快感はあるのに達するには足りず、あかりはもどかしさに身をよじった。

「はぁっ……」

胸元に触れる飴屋の唇、そして濡れた花弁をなぞる動きに、翻弄される。

馴染んだ身体は素直にトロトロと潤み、こみ上げる羞恥が甘い蜜に変わっていくようだった。

焦らすように動いていた指がやっと中に押し入ってきたとき、あかりの口から思わず高い声が漏れる。

「あ……っ！」

彼の長い指が内壁をなぞりながら隘路《あいろ》を進み、最奥に到達する。

それだけでゾクゾクするほど感じてしまい、あかりは飴屋の肩をつかんで喘いだ。すぐに本数を増やされ、指を行き来させられると粘度のある水音が立って、身体がじわりと汗ばんでいく。

触れれば強く反応するところを、彼は執拗に嬲《なぶ》ってきた。一方的に翻弄されているのが恥ずかしいのに、声が出るのを止められない。

ふいに飴屋が「あかり」と呼びかけ、こちらの後頭部を引き寄せてささやいた。

「——口開けて」

「ん……っ」

わずかに開けた口から舌をねじ込まれ、口腔《こうこう》を舐められる。

同時に隘路に埋めた指で内部を掻《か》き混ぜられ、淫らな水音が響いて、あかりの口から切羽詰まった声が漏れた。

「うっ……んっ、ぁ……っ」

溢《あふ》れ出た愛液が指を伝い、彼の手のひらを濡らしていく。

ひときわ奥を抉《えぐ》られ、ビクリと身体を震わせて達すると、飴屋がなだめるように目元にキスをしてきた。そのしぐさは優しく、愛情に満ちていて、あかりの胸がきゅうっとする。

力が抜けた身体をベッドに横たえられ、彼がスカートと下着をすべて脱がせる。一気に無防備な姿にされたあかりは、所在ない気持ちで脚を閉じた。

それをつかんで大きく開かせた飴屋が、あかりの脚の間に顔を伏せると、花弁に舌を這《は》わせてくる。

「はぁっ……ぁ、や……っ」

愛液を音を立てて啜《すす》り、中に指まで挿れられて腰が跳ねる。

羞恥と快感がない交ぜになった気持ちに苛まれながら、あかりは腕を伸ばして彼の髪に触れた。

熱い舌が秘所を這い回る感触に肌が粟立《あわだ》ち、視線だけを上げた餡屋と目が合うと、欲情を押し殺した眼差しに頭が煮えそうになる。

(早く——早く、欲しいのに)

すぐにでも身体の奥で彼を感じたい欲求があるものの、その反面この時間が終わってしまうことが惜しくなり、複雑な気持ちになる。

自分の中で高まっていく熱に翻弄され、あかりはやるせなく彼の髪を掻き混ぜた。すると顔を上げた餡屋が自身の髪に触れる手をつかみ、指に舌を這わせてくる。

柔らかい舌の感触にゾクゾクしながらその様子を見つめ、あかりは彼に向かって問いかけた。

「わたしも悠介の、口でしていい……?」

「いいけど、あとでな」

彼が笑い、尻ポケットから避妊具を取り出す。

そしてパンツの前をくつろげ、充実した昂《たかぶ》りにそれを被せると、改めてこちらの脚を広げながら言った。

「我慢できないから、先に挿れさせて」

「……っ……あ……っ！」

硬く張り詰めた屹立《きつりつ》の先端が、潤んだ入り口を確かめるように花弁をなぞる。

蜜口から丸い亀頭の部分がめり込んできて、あかりは声を上げた。太い幹の部分が埋められていくにつれ、じわじわと圧迫感が増す。

重い質感のものが柔襞を擦りながら奥を目指し、声を抑えることができない。やがて飴屋のものが根元まで埋められ、あかりは浅い呼吸をした。そんな様子を見つめ、彼がひそやかに笑って言う。

「中、トロトロだ。すぐに奥まで挿入って……ほら」

「んぁっ……！」

ずんと深く奥を突き上げられ、あかりは高い声を上げる。

剛直が最奥を抉り、甘ったるい快感がこみ上げて、思わず強く締めつけてしまった。すると飴屋が、緩やかに腰を動かしてくる。

「はっ……ぁっ、うっ……あっ……！」

ゆっくりとした律動のたびに声が出て、あかりはシーツを強く引き寄せる。

長いこと焦らされていた内部は、挿入ってきた飴屋を待ち構えたように締めつけて離さない。硬く太さのあるもので隘路を拡げられ、奥まで挿れられるのも引き出されるのもよくてあかりが甘い声を上げると、膝を押した彼がより結合を深くしてきた。

「うぅ……っ」

感じるところを何度も穿《うが》たれ、切っ先で最奥を押し上げられる。

奥を抉るようにされるとビクリと内壁がわななき、容赦のない快感にあかりはすぐに追い詰められた。

「はぁっ……ぁ、待……っ」

「達きそう？」

中の絞り上げるような動きで限界が近いのがわかるのか、飴屋がそう問いかけてくる。

何度も頷くあかりを見つめた彼が小さく笑い、独り言のようにつぶやいた。

「――こんなときは素直なのにな」

（えっ……？）

その言葉に引っかかりをおぼえた瞬間、一気に速められた律動にあかりは声を上げる。

あっという間に追い上げられ、身体の奥で強烈な快感が弾けた瞬間、飴屋も同時に息を詰めて奥で達するのがわかった。

「……っ、はぁっ、ぁっ……」

薄い膜越しに吐精されたのがわかり、もう終わってしまったことに切なさがこみ上げる。

早鐘のように鳴る心臓を持て余しながら緩慢な視線を向けると、避妊具を外して捨てた彼が再び覆い被さってきた。

「ん……っ」

唇を塞がれ、押し入ってきた舌の感触にあかりの理性がじわりと溶ける。

緩く舌を絡ませたあと、目元にもキスをした飴屋が突然あかりの手を引っ張ってベッドに起き上がらせた。そしてその手を自身の股間に持っていき、性器に触れさせながら言う。

「——舐めて」

「……っ」

確かに先ほどそうしたいと申し出たが、まさかもう一度するつもりなのだろうか。

そんなあかりの戸惑いを感じ取ったように、彼が言った。

「悪いけど一回じゃ終わらない。今日はとことん抱くつもりだから」

「えっ……」

「だってこれが最後なんだろ？」

飴屋の言葉が胸に突き刺さり、あかりは痛みを押し殺す。

彼の言うとおり、今日が〝恋人〟として過ごす最後の夜だ。自分で決めたことであるはずなのに、実際に言葉にされると胸が痛んで、あかりはそんな自分の身勝手さが嫌になる。

ベッドの上で壁にもたれて座った飴屋の脚の間に、あかりは顔を伏せた。彼の性器を手に取って口に含んだ瞬間、まだわずかに芯を残していたそれがピクリと震える。

先ほど飴屋が放ったものの残滓《ざんし》を吸い取り、くびれや裏筋を丁寧に舐めると、それは徐々に勢いを取り戻して口の中がいっぱいになった。

「……っ、んっ……」

　歯を立てないように気をつけながら、あかりは懸命に舌を這わせる。

　ときおり彼が熱い息を吐くのが聞こえ、色めいたその気配に自分の身体の奥もまた濡れる気がした。羞恥に目を伏せながら口での行為に没頭していると、ふいに飴屋の手が肌に触れてきて、あかりはかすかに身体を震わせる。

　大きな手が背中から腰へのラインを愛でるように撫で、やがて彼の指が潤んだ花弁を割って中に入り込んできた。

「ぁっ……！」

「ああ、中まだ熱いな……すっごい濡れてる」

　中に入ってきた指に気もそぞろになるものの、残ったほうの手でやんわりと頭を押さえられ、口での奉仕の続きを促されて、あかりは飴屋のものを再び口に咥《くわ》える。

　そのあいだも中に挿れられた指が隘路をゆるゆると行き来し、溢れた蜜が恥ずかしい水音を立てた。

「……っ……ぁっ、やぁっ……」

　指を増やされ、中を掻き回される頃には、あかりは彼の昂りを咥えるどころではなくなっていた。

　身体を起こした飴屋があかりをシーツに横たえ、身体のあちこちにキスを落としてくる。うつ伏せにし、背中にまでくまなく口づける彼のしぐさには愛情がにじんでいて、あかりの胸が切なくなった。

やがて指が引き抜かれ、蜜口が物足りなさそうにヒクリと震える。避妊具を着けている気配がし、後ろから覆い被さった飴屋が中に押し入ってきた。

「んぁっ……！」

「は……っ、きつい」

腰を高く上げた姿勢で根元まで挿入されると、正面から抱き合うよりも奥深くまで楔《くさび》が届く。

怖いくらいの感覚に肌が粟立ち、あかりは強くシーツをつかんだ。

「ぁ、待っ……！」

「苦しい？　でも、また濡れてきた。ほら」

「あ……っ！」

腰を打ちつけながら何度も奥を突かれて、すぐにじんとした快感がこみ上げる。中の様子でそれがわかるのか、飴屋の動きは次第に激しく遠慮がなくなっていった。

「は……っ、ぁっ、ん……っ」

「また達った？　すごいな、きついのにトロトロで……どんどん溢れてくる」

「あっ、あっ」

淫らに反応する身体を指摘され、あかりは羞恥といたたまれなさがない交ぜになった気持ちにかられる。

一度達ったせいか飴屋はなかなか終わらず、それから長いことあかりを翻弄した。

「はぁっ……もう、や……っ……」

休む間もなく何度も追い上げられ、感じすぎて疲労困憊《こんぱい》の身体を、背後から彼が覆い被さりながら抱きしめてくる。

高い体温としなやかな腕に心が疼《うず》き、首元に掛かる飴屋の髪の感触にいとおしさをおぼえた。律動を緩めないまま背中に舌を這わされ、胸の先端をいじられると、思わず甘い声が漏れる。

彼が耳元でささやいた。

「俺に抱かれて、感じて……こんなにぐちゃぐちゃになるのに、あかりは別れるって言うんだな」

何か返事をしようにも、律動に揺らされて言葉にならない。

与えられる愉悦にただ喘ぐあかりの耳元で、彼が言葉を続けた。

「でも、どうしても別れたほうが楽だって言うなら、仕方ないよな」

「……っ」

優しい声音に涙がこみ上げ、あかりは咄嗟《とっさ》にシーツに顔を押しつけることでそれを誤魔化す。

別れたいというのはこちらの一方的な要求であるにもかかわらず、飴屋は決して責めようとしない。そんな彼の優しさにつけ込み、こうして抱きしめる腕に溺れている自分が、あかりは嫌でたまらなかった。

(……ごめんなさい)

この期に及んでも心の内を明かさない自分は、やはりとても卑怯《ひきょう》だ。

そんなふうに考えるあかりをよそに、飴屋はまるで己を刻みつけるようにその後も執拗に行為を続けた。

何度果ててもこちらの身体を離さず、抱きしめて昂りを突き入れてくる様子は普段とはまるで違っていて、あかりは今までの彼が相当手加減してくれていたことを思い知らされる。

疲れ果てて気絶するように眠りについたのは、夜もだいぶ更けた頃だった。耳元で「シャワーを借りるから」とささやかれて返事をしたような気がするものの、記憶は定かではない。

飴屋が部屋を出て十分ほどして、あかりは重い瞼《まぶた》を開けた。ベッドサイドに置かれた時計を見ると、時刻は午前三時を少し過ぎている。カーテンを開けっ放しの窓からは、明るくなりかけている黎明《れいめい》の空が見えていた。

一体何度抱き合ったのか、身体が泥のように疲れていて指一本動かすのも億劫だ。彼は乱暴な触れ方こそしなかったものの、執着を示すように情熱的で、あんな一面もあるのかと意外に思った。

(悠介は年下だけどいつも落ち着いていて、怒ったり機嫌が悪くなることがなかったから、

感情がフラットな人間なんだと思ってた。……でも、あんな)

　飴屋がどんなふうに自分を抱いたのかを思い出し、身体の奥がじんとする。

　彼の眼差しや触れる手からどれだけこちらを想っているかが伝わってきて、あかりは何度も別れを撤回したくなってたまらなくなった。「自分には飴屋と恋愛をする資格がない」「いずれ別れるなら、早く決断したほうがいい」という気持ちから言い出したことだが、それに蓋をして何食わぬ顔をしてつきあえば、飴屋との幸せな時間はもう少し長く続くのだろうか。

(でも、それだと結論を先延ばしにしてるだけだ。一緒に過ごす時間が長くなってから別れを告げるほうが、きっと悠介を傷つけてしまう)

　バスルームからかすかな水音が聞こえていることに、あかりは深く安堵《あんど》する。

　眠っているあいだにいなくなっていたらショックだったが、彼はまだこの家にいる。だがシャワーから出たあとはこの部屋には戻らずに自宅に帰るかもしれず、胸が強く締めつけられた。

(馬鹿みたい。……自分で決めたくせに)

　あかりが別れを切り出し、飴屋はそれを了承した。彼の最後の〝お願い〟を聞いたのだから、自分たちの関係はこれで終わりなのだ。

　いっそ苛立ちをぶつけるようにひどく抱いてもよかったのに、そうしないところが飴屋らしかった。六歳年下なのに彼には包容力があり、いつもあかりに対する気遣いを忘れず、そんなところが好きだった。

そのとき廊下の向こうで洗面所の引き戸が開く音がして、ドキリと心臓が跳ねる。あかりは咄嗟に壁側に身体を向け、寝たふりをした。

（こっちに来る？　それとも、そのまま帰る……？）

そう考えてドキドキしていたものの、足音は玄関ではなくこちらに向かってきて、やがて寝室のドアが開いた。

部屋に入ってきた飴屋が、ベッドの縁に座る。タオルで濡れ髪を拭いているような音がし、あかりは精一杯何食わぬ顔で目を閉じていた。

この部屋に戻ってきたということは、彼は朝まで一緒にいるつもりなのだろうか。そう考えていると、飴屋が動きを止め、じっとこちらを見ているのがわかった。

（……どうしよう、気まずい……）

心臓がドクドクと音を立て、あかりは身動きしないように必死で身体を硬くする。

今彼と顔を合わせても、どんな表情をしていいかわからない。別れ話をして最後に抱き合った自分たちに、これ以上話すことは何もないからだ。

帰ってほしくないのに、一緒にいるのにいたたまれなさをおぼえる。そんな複雑な気持ちでいると、ふいに大きな手がいとおしむように髪を撫でてきて、あかりは驚いた。

「……っ」

眠っているのを起こさないようにという配慮なのか、飴屋の動きはひそやかで優しい。

一体どれくらいそうしていたのか、突然ギシリとベッドが軋《きし》んで、あかりの心臓が跳ねた。

身を屈めた彼が、こちらの後頭部に額を押しつけてささやいた。

「……好きだ」

小さく、しかし想いの丈を込めたような、そんな声だった。

あかりが動けずにいるうちにぬくもりは離れ、立ち上がった飴屋が寝室を出ていく。廊下からリビングを抜けて掃きだし窓から出て行く彼の気配を、あかりはベッドの中からずっと耳で追っていた。

（行かないで……）

今すぐ追いかけたい思いをぐっとこらえているうち、気づけば涙が零れていた。

飴屋がどんな気持ちで「好きだ」という言葉を口にしたのか、あかりにはわからない。だが突然別れを切り出されて納得できていないにもかかわらず、彼が自分の気持ちをぐっと抑えて受け入れてくれたのだということが嫌というほど伝わってきて、胸が苦しくなった。

肝心なことを何も話さず、一方的に関係を終わらせるしかできない自分には、本来泣く権利などないだろう。わかっているのに涙が止まらず、あかりはタオルケットを引き寄せて顔を埋める。

（最初から、手を伸ばさなきゃよかった。最初にもっとよく考えていたら、悠介を傷つけ

ずに済んだのに）

「好きだ」という低いささやきが、いつまでも耳から離れない。

緩慢なしぐさで身体を起こしたあかりは、つい先ほどまで飴屋が座っていたベッドの縁に触れる。するとまだほんのりと彼の体温が残っていたものの、それはこうしているあいだに消えていくほどかすかなものだ。

（大丈夫。苦しいのはきっと、今だけなんだから）

胸の痛みを感じながら、あかりは自身にそう言い聞かせる。

たとえ今この瞬間がどうしようもなく苦しくても、いつか必ず飴屋を失ったことに慣れる。キスもせず触れ合わないのが、どんどん当たり前になっていく。

時間が経てば、彼を見ても苦しいと思わなくなるだろう。そして飴屋が誰かとつきあい、その人と結婚したとしても、自分は仲のよい隣人として笑って祝福する。

（そうするしかない。だってわたしは、ずっとここで暮らしていくんだもの）

彼と出会ってからの二ヵ月余りの日々を思い出し、あかりは手元のシーツをぎゅっとつかむ。

長いことそうしていたものの眠れる気がせず、ため息をついてベッドから下りた。そして窓辺に立ち、外を眺める。

夏の朝は早く、空は既に白みかけていた。山の端がぼんやりと明るくなり、車通りもない辺りはしんとして、静けさに満ちている。

明けていく空を眺めながら、あかりは頭の隅でぼんやりと考えた。

(これからは、悠介のことを〝飴屋さん〟って呼ばなきゃ駄目だよね。……もう恋人じゃないんだから)

その日からあかりと飴屋は、ただの〝隣人〟に戻った。


(下巻に続く)

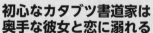

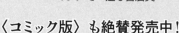

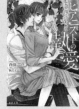

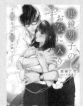

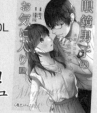

西條六花作品 絶賛発売中！

強面上司の甘いささやき その艶声は困ります

イラスト：堤

俺はお前を落としたい
やめて！　その声セクシーすぎます
イケメンで仕事ができるのに無愛想すぎる支社長
×頑張り屋の駆け出しウェブデザイナー

ショコラティエのとろける誘惑 スイーツ王子の甘すぎる囁き

イラスト：whimhalooo

君が望むなら、何だって教えるから
彼の言葉は私を優しく溶かす
女性不信のカリスマパティシエ
×都会に出てきたばかりの純朴女子

無愛想ドクターの時間外診療 甘い刺激に乱されています

イラスト：SHABON

あの晩のこと、（体で）思い出させてやるよ
強引なのに優しい歯科医に翻弄されて
グイグイ迫るイケメンドクター
VS 悩みが尽きないウェディングプランナー

年下幼なじみと二度目の初体験？ 逃げられないほど愛されています

イラスト：千影透子

弟扱いはおわりだよ…大人になった俺を確かめて
“初めて”の相手に捕獲され——
クールな年下ホテルマン
×洗練された大人の女←元喪女

「俺があんたの恋人になってやるよ」
──地味で真面目なOLがエリートと偽装恋愛!?

恋愛遺伝子欠乏症
特効薬は御曹司!?

漫画：流花／原作：ひらび久美（蜜夢文庫 刊）

〈あらすじ〉

「あんたは恋愛遺伝子欠乏症だ」。地味で真面目なOL亜莉沙のあだ名は「局（つぼね）さん」。遠距離恋愛中の彼氏がいると嘘をつき、男性を遠ざけている彼女に、大阪から転勤してきた企画営業部長・航が、自分の恋人のフリをすれば彼氏も嘘ではなくなると強引に迫る。しかたなく承諾した亜莉沙だったが…。

人間界を守るため魔王と契約結婚!?
触手にも甘い触れあいにも私は負けません！

堅物な聖騎士ですが、前世で一目惚れされた魔王にしつこく愛されています

漫画：小豆夜桃のん／原作：臣桜（ムーンドロップス文庫 刊）

〈あらすじ〉

聖王女の護衛中に魔界にさらわれた聖騎士ベアトリクスは、そこで「人間界で起きている変な事件は、封印中の魔王アバドンの魔力が漏れているせいで、ベアトリクスがそれを解けば、人間界は平和になる」ということを知る。しかたなくアバドンにキスをしたベアトリクスだったが、復活したアバドンに妻になれと迫られて……。

言えない恋は甘く過激に燃え上がる！
S系若社長×下着好き地味OLの秘密の恋愛

社内恋愛禁止
〜あなたと秘密のランジェリー〜

漫画：西野ろん／原作：深雪まゆ（蜜夢文庫 刊）

〈あらすじ〉

「仕事中にあんな誘うような視線を送っておいて、俺に我慢しろって言うのか？」。下着メーカーに勤めるOL・愛花の内緒の趣味は、地味な私服や制服の下に大胆でセクシーなランジェリーを身に着けること。そんな彼女には、社内恋愛禁止にもかかわらず、自分の会社の社長・高瀬と交際しているという、もう1つの秘密があって──。嫉妬深いS系社長×地味めOLの過激すぎる恋！

本書は、電子書籍レーベル「らぶドロップス」より発売された電子書籍『夏の終わりの夕凪に　吐息は熱を孕む』を元に、加筆・修正したものです。

★著者・イラストレーターへのファンレターやプレゼントにつきまして★
著者・イラストレーターへのファンレターやプレゼントは、下記の住所にお送りください。いただいたお手紙やプレゼントは、できるだけ早く著作者にお送りしておりますが、状況によって時間が掛かる場合があります。生ものや賞味期限の短い食べ物をご送付いただきますと著者様にお届けできない場合がございますので、何卒ご理解ください。
送り先
〒160-0022　東京都新宿区新宿 1-36-2　新宿第七葉山ビル 3F
(株) パブリッシングリンク　蜜夢文庫 編集部
〇〇（著者・イラストレーターのお名前）様

夏の終わりの夕凪に
染色作家の熱情に溺れて　上
２０２４年５月１７日　初版第一刷発行

著……………………………………………………… 西條六花
画……………………………………………………… 七夏
編集………………………… 株式会社パブリッシングリンク
ブックデザイン…………………………………… しおざわりな
（ムシカゴグラフィクス）
本文ＤＴＰ………………………………………… ＩＤＲ

発行…………………………………………… 株式会社竹書房
〒 102-0075　東京都千代田区三番町８－１
三番町東急ビル６Ｆ
email：info@takeshobo.co.jp
https://www.takeshobo.co.jp
印刷・製本………………………… 中央精版印刷株式会社